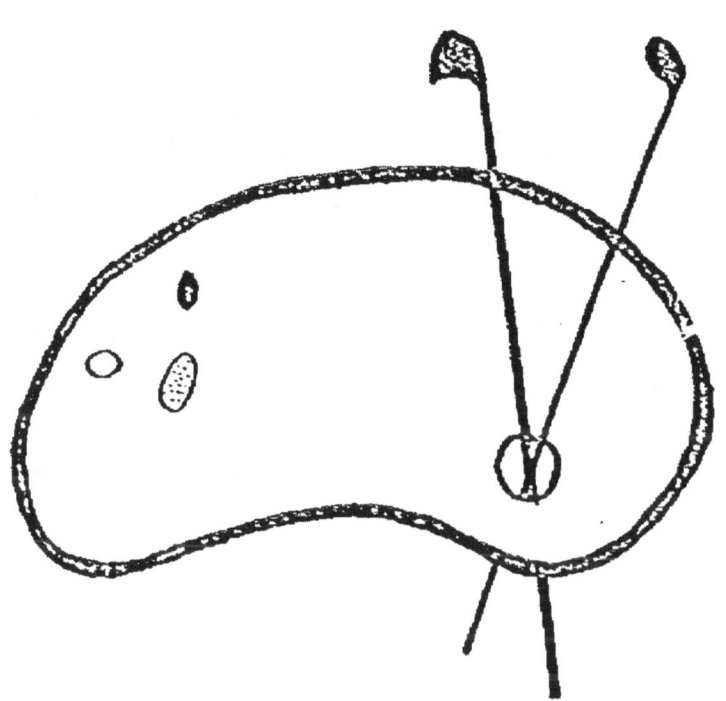

DEBUT D'UNE SERIE DE DOCUMENTS
EN COULEUR

VICTOR DE TUREIN

—————— ❋ ——————

# BARBE-BLEUE

### FÉERIE EN TROIS ACTES
#### MÊLÉS DE COUPLETS

## SUITE DU CHAT-BOTTÉ

DEUXIÈME ÉDITION

NIORT

IMPRIMERIE LEMERCIER & ALLIOT

6, RUE DU PILORI, 6

1896

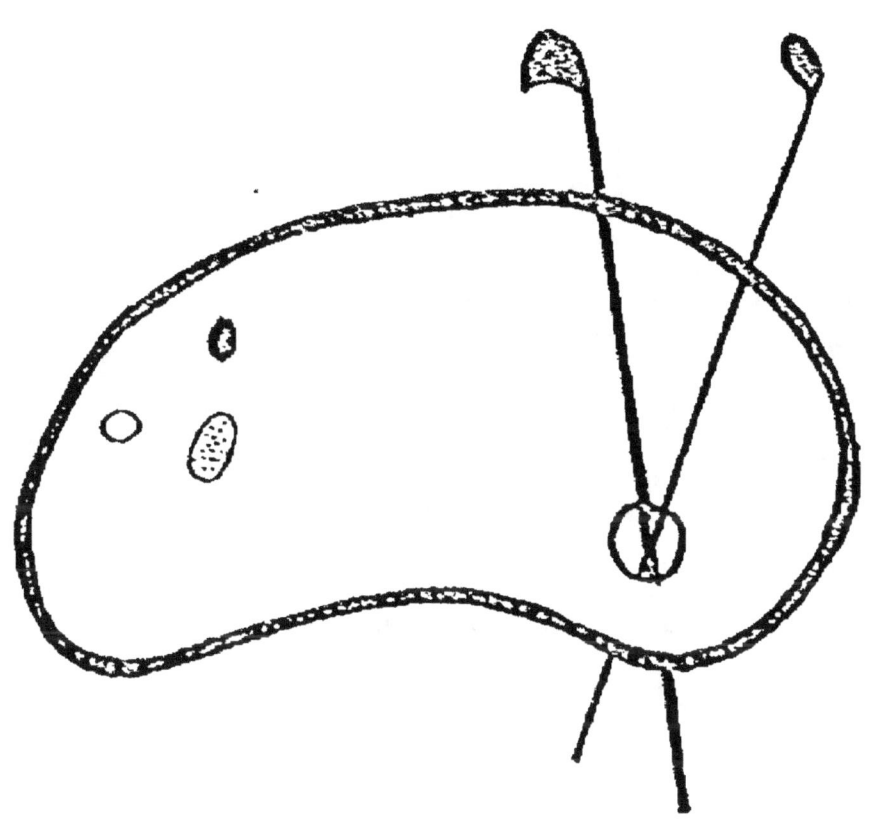

FIN D'UNE SERIE DE DOCUMENTS
EN COULEUR

# BARBE-BLEUE

FÉERIE EN 3 ACTES. MÊLÉS DE COUPLETS

## SUITE DU CHAT-BOTTÉ

VICTOR DE TUREIN

# BARBE-BLEUE

## FÉERIE EN TROIS ACTES
### MÊLÉS DE COUPLETS

## SUITE DU CHAT-BOTTÉ

DEUXIÈME ÉDITION

NIORT

IMPRIMERIE LEMERCIER & ALLIOT

6. RUE DU PILORI. 6

—

1895

## PERSONNAGES

LA FÉE MÉLUSINE.
LE PETIT CHAPERON-ROUGE, autrefois LE CHAT-BOTTÉ.
FEU-FOLLET, Page de la Fée.
BARBE-BLEUE, Ogre.
LE PRINCE RIQUET-A-LA-HOUPPE, Gouverneur des Pages.
LE PETIT-POUCET et ses Frères.
RAOUL
ROBERT
HENRI          } Pages de Barbe-Bleue.
RODOLPHE
PAGES, GARDES PIQUEURS.

*Représentée pour la première fois à l'École libre*
*Saint-Hilaire, le 9 février 1892.*

# DU MÊME AUTEUR

**LE CHAT BOTTÉ**, Feerie en 3 actes, mêlée de couplets. 2ᵉ édition, revue et corrigée avec soin. . . **1** fr. **50**

**LA DESCENTE DU CHAT-BOTTÉ AUX ENFERS** (Épilogue du *Chat-Botté*) . . . . . **1** fr. **25**
Suivi d'une **ODE MATHÉMATIQUE** . . . . .

**LE DERNIER POIL**, épilogue de *Barbe-Bleue*.
1 acte. . . . . . . . . . . . . . **1** fr.

**LA MÈRE MICHELLE ET SON CHAT,**
folie-vaudeville en 2 actes, mêlés de couplets. . . **1** fr. **50**
Suivi de **MALBROUGH**, folie-mélodrame en 3 actes.

La musique de ces 6 pièces se vend a part. . . . . **0** fr. **60**

*Remise de 25 % pour les 6 pièces demandées à la fois*
*ou pour toute demande de 6 exemplaires.*

S'adresser à M. l'abbé **N. MOUCHARD**, professeur à l'École Libre Saint-Hilaire. NIORT, rue Basse.

# BARBE-BLEUE

## ACTE PREMIER

### DANS LA FORÊT DE VOUVANT

La scène représente une clairière de la forêt.

### SCÈNE PREMIÈRE

### LE PETIT CHAPERON ROUGE

*(Il arrive en courant et s'essuyant le front.)*

(Air du *Chaperon Rouge*)

J'arrive en courant d'là-bas,
C'est pour ça que j'suis si rouge.
C'est moi, vous n' m'attendiez pas ?
C'est moi le P'tit-Chap'ron-Rouge !
Voilà m'direz-vous un nom singulier :
Je n' l'ai jamais vu dans l' calendrier.
Pourquoi m'appell'-t-on le P'tit Chap'ron Rouge ?
Je vais fair' cesser votre étonnement :
    C'est tout simplement
    Parc'que mes parents,
Quand j'étais tout p'tit, m'avaient voué au blanc.

Ils m'avaient voué à bien d'autres choses encore, mes
pauvres parents ! Ils m'avaient voué, par trop d'indulgence,
dans leurs gâteries excessives, à la paresse, à la gourmandise,
à la curiosité, etc., et, par là-même, à toutes les sévérités de
la Fée Mélusine dont la baguette ne badine pas.

Je ne lui en veux pas, au moins, à ma chère marraine,

1

car elle est ma marraine, la Fée..., comme elle a été celle de
mes deux sœurs. Ah ! mes deux sœurs, je ne les ai jamais
connues ; je ne dois les voir qu'après avoir expié toutes mes
peccadilles d'enfant gâté... Et je vous assure que ce ne sont
pas de minces expiations que m'impose la Fée. Que de
mésaventures dans ma vie ! L'histoire du loup n'est qu'un
épisode... Du reste elle a été fort mal racontée, cette histoire...
Je vous dirai comment ça c'est passé... une autre fois...
quand j'aurai le temps ; pour le moment, je suis pressé ; mon
ami, le Lutin Feu-Follet, le page de la fée Mélusine, m'a
donné rendez-vous dans cette clairière... Je croyais même l'y
rencontrer, car il n'a pas coutume de se faire attendre...

## SCÈNE II.

### CHAPERON-ROUGE, FEU-FOLLET

FEU-FOLLET, (*Il entre en chantant*)

(Air : *La boulangère a des écus*)

Je suis le Lutin Feu-Follet
Qui vers vous s'achemine ;
Je ne suis pas déjà si laid,
Et j'ai fort bonne mine :
Je suis le page, s'il vous plaît,
   De la Fée Mélusine.
      O gué !
   De la Fée Mélusine.

CHAPERON ROUGE

Monsieur le Lutin Feu-Follet,
Devant vous je m'incline.
Quand j'aperçois votre plumet
Qu'une flamme illumine,
Je crois toujours voir un reflet
   De la Fée Mélusine,
      O gué !
   De la Fée Mélusine.

FEU-FOLLET

A la bonne heure ! Monsieur l'étourdi, vous êtes fidèle au
rendez-vous. Un peu de persévérance encore dans ces bonnes
dispositions, et la Fée mettra fin à vos épreuves.

CHAPERON-ROUGE

Alors, qu'elle me donne de l'ouvrage ; quand je n'ai rien à faire, je fais des sottises.

FEU-FOLLET

Oh ! ne crains rien ; l'ouvrage ne manquera pas. Je viens t'ordonner, de la part de la Fée, d'accomplir le dernier exploit qu'elle exige, avant de te rendre ta première place dans le monde.

CHAPERON-ROUGE

Je ne demande pas mieux... De quoi s'agit-il ?

FEU-FOLLET

De supprimer décidément l'Ogre, cette fois.

CHAPERON-ROUGE

L'Ogre ! ... Quel Ogre ? ...

FEU-FOLLET

Eh bien ! l'Ogre... il n'y en a qu'un, je pense... l'ennemi de la Fée... le tien... l'exécrable magicien qui prend toutes les formes.

CHAPERON-ROUGE

Comment ?

FEU-FOLLET

Eh ! sans doute. Celui qui s'est changé en loup pour dévorer Mère Grand' et qui a bien failli te croquer aussi, mon pauvre Chaperon-Rouge.

CHAPERON-ROUGE

Comment ! ce loup était un ogre ? ...

FEU-FOLLET

Mais tu le sais bien... Ah ça ! serais-tu devenu un imbécile, en cessant d'être le chat-Botté ?

CHAPERON-ROUGE

Je t'assure que c'était un loup... Je l'ai bien vu, je pense...

### FEU-FOLLET

Bon ! Tu n'as pas regardé derrière toi ; quand la Fée, qui veillait... heureusement... te transforma, d'un coup de sa baguette, en un joli chat qui grimpa dans la cheminée et s'enfuit tout effaré jusqu'au moulin...

### CHAPERON-ROUGE

Où je devins le favori de Cadet-Rousselle qui ne fit pas un mauvais marché, puisque je lui donnai, en échange de ses bottes, un château magnifique et un titre de marquis.

### FEU-FOLLET

Et tu n'as pas reconnu ton ogre, quand tu lui as si adroitement escamoté son château, pour le donner au marquis de Carabas ?

### CHAPERON-ROUGE

Comment ? C'était lui ! Mais je l'ai mangé, cet ogre-là, tu le sais bien... Et si cela ne suffit pas...

### FEU-FOLLET

Erreur, mon pauvre Chaperon-Rouge ; le madré coquin s'est moqué du Chat-Botté.

### CHAPERON-ROUGE

Mais j'en suis bien sûr, pour le coup...

### FEU-FOLLET

Erreur, te dis-je : c'est une simple souris que tu as croquée ; une souris qu'il tenait en réserve et qu'il a lâchée au moment psychologique...

### CHAPERON-ROUGE

Mais lui ?

### FEU-FOLLET

Lui ? il s'est changé en mille-pattes et s'est blotti dans une fente du plancher.

### CHAPERON-ROUGE

Impossible.

FEU-FOLLET

Impossible si tu veux, mais c'est vrai.

CHAPERON-ROUGE

Ah ! maintenant, si toutes les souris que j'ai mangées, quand j'étais le Chat-Botté, s'avisent de ressusciter et de se liguer contre moi...

FEU-FOLLET

Ce serait drôle ; mais elles ne te reconnaîtraient plus, depuis que la Fée t'a rendu ta première forme, en récompense de ta fidélité à servir ton maître, le marquis de Carabas.

CHAPERON-ROUGE

C'est vrai. Je vois encore la stupéfaction de ce cher marquis quand, en caressant son chat, il a vu se dresser sous sa main le joli garçon que tu vois.

FEU-FOLLET

Moi, je te trouvais bien plus joli sous ta forme de chat.

CHAPERON-ROUGE

Merci bien !..

FEU-FOLLET

Aurais-tu de la répugnance à redevenir Chat-Botté ?

CHAPERON-ROUGE

Ah ! Dame...

FEU-FOLLET

Si la Fée le voulait ?..

CHAPERON-ROUGE

Ah ! si la Fée le voulait... je ne dis pas... mais ce n'est pas la question... Tu penses que l'Ogre est encore vivant ?

FEU-FOLLET

J'en suis sûr.

CHAPERON-ROUGE

Sous quel masque se cache-t-il à présent ?

FEU-FOLLET

Sous un vilain masque ; il ne peut faire autrement.

CHAPERON-ROUGE

Est-il toujours riche et puissant ?

FEU-FOLLET

Plus que jamais ; cette forêt lui appartient et bien d'autres avec.

CHAPERON-ROUGE

Comment ! c'est Barbe-Bleue ?...

FEU-FOLLET

Lui-même ; mon maître pour le moment, puisque la Fée m'a mis à son service, afin que je le surveille...

*(On entend une fanfare)*

Tiens ! ... Quand on parle du loup.. Le voilà justement qui vient de ce côté... Il ne faut pas qu'il te voie... pour le moment du moins... Cache-toi bien, car il a de bons yeux. Je saurai te retrouver.      *(Chaperon sort.)*

## SCÈNE III

### FEU-FOLLET, *seul.*

J'admire la politique de ma gracieuse souveraine, la Fée Mélusine ; elle m'a fait entrer, moi, Feu-Follet, le plus adroit de ses lutins, dans l'intimité de son ennemi, le magicien qui s'appelle maintenant Barbe-Bleue. Elle a trouvé aussi chez lui une place, pour le prince Riquet-à-la-Houppe, un autre fidèle serviteur de la Fée que, malgré toute son astuce, l'Ogre n'a pas su deviner. Son orgueil l'aveugle quelquefois, monseigneur Barbe-Bleue ; il était si flatté, d'avoir un Prince pour gouverneur de ses pages... car le vieux mécréant se paie le luxe d'avoir des pages... Parbleu ! Monseigneur, nous allons en augmenter le nombre et introduire chez vous un autre Prince que vous ne reconnaîtrez pas non plus... heureusement... C'est encore un protégé de la Fée et c'est lui qui doit mettre fin à la lutte séculaire que vos maléfices ne sauraient continuer bien longtemps désormais...

Oh ! oh ! voici la chasse... laissons-nous désirer un peu.

*(Il s'esquive.)*

## SCÈNE IV

### BARBE-BLEUE, RIQUET-A-LA-HOUPPE, Chasseurs

#### BARBE-BLEUE

*(Il s'avance seul sur le devant de la scène ; les Chasseurs se groupent au fond)*

Quelle exécrable journée de chasse ! Je suis brisé, rompu. Avec cela j'ai laissé mes bottes de sept lieues au château, et je marche depuis ce matin, sans avoir trouvé le plus minime gibier : pas un chevreuil, pas un lapin, pas une grive, pas même un merle...

#### RIQUET-A-LA-HOUPPE, *s'approchant.*

Monseigneur, il reste encore à explorer cette vallée qui s'étend à notre droite.

#### BARBE-BLEUE

Vous avez raison, Prince. *(Aux Chasseurs.* Vous avez entendu... Je vais me reposer un instant dans cette clairière... Que les piqueurs découplent les limiers, et malheur à vous, si vous ne trouvez rien encore.

*(Les Chasseurs sortent à droite.)*

## SCÈNE V

### BARBE-BLEUE, RIQUET-A-LA-HOUPPE.

#### BARBE-BLEUE

Vous êtes bien sûr, cher Prince, que nous sommes dans la clairière, où Feu-Follet doit nous rejoindre ?

#### RIQUET

Oui, Monseigneur, je suis même étonné de ne pas l'y rencontrer.

BARBE-BLEUE

Aura-t-il réussi dans sa mission ?

RIQUET

Je n'en doute pas.

BARBE-BLEUE

Eh bien ! A votre tour de vous mettre en chasse. Vous avez congé jusqu'à demain ; tâchez de me ramener deux ou trois nouveaux pages.

RIQUET

Je ferai mon possible, Monseigneur.                    (Il sort)

## SCÈNE VI

### BARBE-BLEUE, seul.

C'est un luxe coûteux que je m'impose là ; mais en me voyant entouré par cette cour choisie, la princesse Cendrillon, sera bien obligée de faire trève à ses dédains et de me reconnaître pour un très puissant Prince. Du reste, ce n'est qu'un placement temporaire ; sitôt le mariage conclu, je diminuerai progressivement le nombre de mes pages, en les envoyant l'un après l'autre, faire un petit tour à la cuisine... ma table se trouvera ainsi par avance, pourvue de friands morceaux...

Ah ! voilà mon adroit pourvoyeur... Je lui promets en récompense qu'il sera mangé le dernier.

## SCÈNE VII

### BARBE-BLEUE, FEU-FOLLET

BARBE-BLEUE

Eh bien ! seigneur Feu-Follet, avez-vous réussi ?

FEU-FOLLET

Médiocrement, Monseigneur ; toutefois j'ai recruté un nouveau page.

BARBE-BLEUE

Ah ! très bien. Est-il gras et dodu ?

FEU-FOLLET

Comment l'entendez-vous ?

BARBE-BLEUE (se *reprenant*.

Je veux dire : est-il de bonne famille ? Est-il gracieux de visage et de nobles manières ?

FEU-FOLLET

Oh ! pour cela, Monseigneur, vous pouvez être sans inquiétudes ; je suis sûr qu'il est de famille princière.

BARBE-BLEUE

C'est tout dire. Quel est son nom ?

FEU-FOLLET

Ah ! son nom véritable, je ne saurais le dire. On l'appelle pour le moment Chaperon-Rouge.

BARBE-BLEUE

Va pour Chaperon-Rouge. Où est-il ?

FEU-FOLLET

Tout près d'ici, Monseigneur, il n'a pas osé se présenter à vous, avant d'être sûr que vous l'accueilleriez.

BARBE-BLEUE

Va le chercher.

FEU-FOLLET

A l'instant.                                              (*Il sort.*)


## SCÈNE VIII

BARBE-BLEUE, *puis* un Piqueur

BARBE-BLEUE

D'une famille princière... A la bonne heure... Ce Feu-Follet est décidément un adroit pourvoyeur, et je ferais peut-être bien de ne pas le manger... Mais je ne sais quel secret pressentiment me porte à le craindre. Il est trop adroit pour son âge.

UN PIQUEUR

Monseigneur...

BARBE-BLEUE

Qu'y a-t-il ?

LE PIQUEUR

Les limiers viennent d'éventer une piste.

BARBE-BLEUE

En effet, depuis quelques instants, je croyais sentir la chair fraîche. Allons à ce gibier, je reviendrai chercher l'autre.

(Il sort avec le piqueur.)

## SCÈNE IX

### FEU-FOLLET — CHAPERON-ROUGE

FEU-FOLLET

Monseigneur... Tiens! il est parti. Tant mieux, nous aurons le temps de causer. (A Chaperon-Rouge.) Eh bien! as-tu reconnu ton Ogre ?

CHAPERON-ROUGE

Ah ! c'est celui-là que j'ai mangé ?

FEU-FOLLET

Imparfaitement, comme tu vois.

CHAPERON-ROUGE

Il faut bien croire... mais cela m'explique une chose qui m'intriguait depuis longtemps.

FEU-FOLLET

Quoi donc ?

CHAPERON-ROUGE

Pourquoi l'Ogre a maintenant la barbe bleue.

(Air du *Chaperon rouge*.)

J' l'avais pourtant bien croqué,
J' n'en avais laissé qu' la quene,
C'l'Ogre qu'est ressuscité
Sous le nom de Barbe-Bleue.
C' n'est pas d' la teintur' qu'il achète exprès,
Mais, quand du cim'tière il s'est vu si près,
Vous d'vez bien penser qu'il eut un' peur bleue ;
Cela fit changer son poil de couleur.
Sa barb' de sa peur
A pris la couleur :
V'là l' moyen d'avoir un' barb' de *sapeur*.

FEU-FOLLET

Tiens ! c'est une idée... Mais ce n'est pas le moment de chanter.

CHAPERON-ROUGE

Permettez, seigneur Feu-Follet. je chante ma délivrance, car je l'ai échappé belle... j'ai failli me jeter dans la gueule du loup.

FEU-FOLLET

Du loup ?

CHAPERON-ROUGE

Du loup, du lion, du mille-pattes, de l'Ogre. de Barbe-Bleue enfin.

FEU-FOLLET

Quand donc ?

CHAPERON-ROUGE

Aujourd'hui même. Écoute donc : la Fée ne me donnait plus de ses nouvelles, je ne te voyais plus et, comme je ne pouvais vivre à rien faire. j'étais sur le point d'entrer au service du seigneur Barbe-Bleue qui cherche, paraît-il, de tous côtés, de jolis enfants comme moi.

FEU-FOLLET

Oui, je sais pour quoi faire.

CHAPERON-ROUGE

Moi aussi maintenant : il veut renouveler les provisions de son garde-manger.

FEU-FOLLET

Peut-être bien ; mais il a d'autres intentions encore.

CHAPERON-ROUGE

Ah bah ! quelles intentions ?

FEU-FOLLET

Il veut avoir une cour vraiment royale de gentilshommes et de pages, pour éblouir par sa magnificence la princesse Cendrillon dont il se dit le tuteur et qu'il voudrait épouser.

CHAPERON-ROUGE

Pauvre princesse !

FEU-FOLLET

Oh ! ne crains rien, la Fée Mélusine, sa marraine, la protège ; elle compte sur toi pour la délivrer.

CHAPERON-ROUGE

Vive la Fée ! Certainement, je la délivrerai cette princesse, puisqu'elle est la filleule de la Fée, ma marraine ; c'est presque une sœur...

FEU-FOLLET (à part.)

Il ne croit pas si bien dire.

CHAPERON-ROUGE

Que faut-il faire ?

FEU-FOLLET

Le prince Riquet-à-la-Houppe, gouverneur des pages de Son Excellence Barbe-Bleue, t'expliquera ton rôle.

CHAPERON-ROUGE

Riquet-à-la-Houppe ? Ah ! mais non, par exemple ! Je vais lui éclater de rire au nez, comme cela m'est arrivé quand il a voulu me faire la morale.

FEU-FOLLET

C'est vrai qu'il n'est pas joli, joli, ce cher prince, et qu'il aime un peu trop à faire la morale... C'est son petit défaut...

Que veux-tu ? On n'est jamais parfait. Mais la Fée a grande confiance en lui.

CHAPERON-ROUGE

Je le sais bien. Mais où est-il ?

FEU-FOLLET

Il t'attend là-bas, auprès de la cascade.

CHAPERON-ROUGE

Je la connais.

FEU-FOLLET

Va donc le trouver : il te dira ce qu'il faut faire.

CHAPERON-ROUGE

Tout de suite.                                   (Il sort.)

## SCÈNE X

FEU-FOLLET (seul.)

Je crois que je l'envoie assez loin, comme cela ; avant son retour, j'aurai le temps d'expliquer à Riquet-à-la-Houppe ce que je n'ai pu lui dire hier soir. Il doit probablement rôder dans les environs, ce cher prince ; donnons-lui une petite aubade.

(Air : La Boulangère.)

Je sais que le prince Riquet.
A l'oreille très fine,
Il entendra donc ce couplet
Qu'à lui seul je destine :
Il connait la voix du Follet
De la Fée Mélusine,
O Gué !
De la Fée Mélusine.

## SCÈNE XI

FEU-FOLLET. RIQUET-A-LA-HOUPPE

RIQUET

Oui, monsieur l'Espiègle, je reconnais votre voix et je me rends à votre appel.

#### FEU-FOLLET

Oh ! toujours charmant, ce cher prince. Mais pardonnez-moi
de vous avoir engagé à suivre Barbe-Bleue dans cette forêt, où
les ronces et les épines ont peut-être dérangé l'harmonie de
votre chevelure.                                    *(Il chante.)*

> Si le prince était moins coquet,
> Il devrait, j'imagine,
> Faire couper ce fier toupet
> Qui sur son front domine,
> Pour en orner le martinet
> De la fée Mélusine,
> O Gué !
> De la Fée Mélusine.

#### RIQUET

Oui, riez, monsieur le Lutin, cela est de votre âge et fait
partie de votre profession.

#### FEU-FOLLET

Bon ! Toujours impassible, ce cher prince.

> Fâchez-vous donc un tantinet,
> Lorsque je vous taquine,
> Pour que je trouve un quolibet
> Sortant de la routine
> Et digne du gai Feu-Follet
> De la Fée Mélusine,
> O Gué !
> De la Fée Mélusine.

C'est vrai ! vous ne vous fâchez jamais ; alors, moi, je ne
trouve plus de malice nouvelle à vous dire. Voyons, pourquoi
ne vous fâchez-vous pas ?

#### RIQUET

Parce que je suppose que ce n'est pas uniquement pour me
taquiner que vous m'avez donné rendez-vous ici, de la part de
la Fée.

#### FEU-FOLLET

Fichtre ! c'est vrai... *(Brusquement.)* Avez-vous remonté la
pendule, dans le palais de la Belle-au-Bois-Dormant ?

#### RIQUET

Pas encore ; mais je vais y aller.

### FEU-FOLLET

Bien. Vous n'oublierez pas de bien régler votre montre sur cette pendule, afin que nous soyons là tous les deux quand sonnera l'heure du réveil de la princesse, pour la conduire immédiatement auprès de sa sœur, la princesse Cendrillon.

### RIQUET

C'est entendu.

### FEU-FOLLET

Vous instruirez le prince Charmant du nouveau rôle qu'il doit jouer auprès de Barbe-Bleue.

### RIQUET

Le prince Charmant ?...

### FEU-FOLLET

Eh ! oui, le frère des deux princesses... Est-ce que vous croyiez que je parlais de vous ?

### RIQUET

Mais je ne le connais pas, le prince Charmant.

### FEU-FOLLET

Eh ! si, vous le connaissez : seulement, pour vous et pour tout le monde, il porte un autre nom... il en a même porté plusieurs, c'est présentement notre gentil Chaperon-Rouge.

### RIQUET

Ah ! ce charmant étourdi qui fut naguère le Chat-Botté ?

### FEU-FOLLET

Précisément. Vous ne connaissez donc pas l'histoire des trois orphelins, depuis si longtemps victimes de la haine de cet infernal magicien qu'on appelle maintenant Barbe-Bleue.

### RIQUET

Je la connais vaguement.

### FEU-FOLLET

(Air du *Fil de la Vierge*.)

Trois gracieux enfants aux baisers d'une mère
Sont arrachés ;
D'un affreux magicien l'implacable colère
Les a cachés.
Cette haine longtemps assombrira leur vie,
Pauvres enfants !
Dans un sombre château l'une reste endormie,
Pendant cent ans !
Une autre, subissant la loi qui la condamne,
Pauvre oisillon !
Plus malheureuse encor, sera d'abord Peau d'Ane,
Puis Cendrillon.
Et le Prince Charmant, sans la Fée Mélusine
Serait resté
Toujours enseveli sous la soyeuse hermine
Du Chat-Botté.

### RIQUET

Bien ! Bien ! je m'étais toujours embrouillé dans cette parenté.

### FEU-FOLLET

C'est pourtant bien simple : La Belle-au-Bois-Dormant et la princesse Cendrillon sont les sœurs du prince Charmant, actuellement Chaperon-Rouge.

### RIQUET

Oui, je comprends ; et la Fée Mélusine est leur marraine. Mais pourquoi a-t-elle transformé le prince en Chat-Botté ?

### FEU-FOLLET

Pour le sauver d'abord et aussi pour accomplir l'oracle.

### RIQUET

Quel oracle ?

### FEU-FOLLET

Celui que l'enchanteur Merlin a composé avant de s'endormir lui-même pour deux mille ans :

Est fini le sommeil ; revient gente colombe.
S'arrêtera sa sœur sur le bord de la tombe.

Nécromant bleu verra sa puissance finir.
Deux fois, prince caché sous féline fourrure,
Du meurtrier viendra le couteau retenir ;
Sous sa botte broyant trop longue forfaiture.

### RIQUET

Comme toutes les prophéties de Merlin, celle-ci n'est pas claire.

### FEU-FOLLET

Très claire au contraire. Vous ne voyez pas que le Nécromant bleu (Barbe-Bleue) doit être terrassé par le prince, Chat-Botté ?

### RIQUET

C'est vrai.

### FEU-FOLLET

Et cela, après le réveil de la Belle-au-Bois-Dormant et au moment même où la princesse Cendrillon courra un grand danger ?

### RIQUET

En effet. C'est donc pour cela que l'Ogre a échappé une première fois au Chat-Botté ? Et maintenant ?

### FEU-FOLLET

Maintenant, la princesse Cendrillon court un grand danger, puisqu'elle est au pouvoir de Barbe-Bleue... Sa sœur Anne va se réveiller cette nuit... Ainsi...

### RIQUET

Et le prince Charmant... le Chat-Botté ?

### FEU-FOLLET

Ah ! cela regarde la Fée.

### RIQUET

C'est juste. Mais lui, le jeune prince, connaît-il son histoire ?

### FEU-FOLLET

Pas du tout, et il ne faut pas qu'il la connaisse. Recommandez-lui bien de ne pas parler du Chat-Botté, quand il sera en présence de Barbe-Bleue.

2

RIQUET

C'est convenu ; mais pourquoi ?

FEU-FOLLET

Barbe-Bleue connaît l'oracle, lui aussi ; mais il est persuadé
que le Chat-Botté est mort ; il est donc sans défiance.

RIQUET

Je comprends.

FEU-FOLLET

Vous expliquerez à Chaperon-Rouge ce qu'il y a à faire.

RIQUET

Par le menu.

FEU-FOLLET

Au revoir, gracieux prince.

RIQUET

Où allez-vous donc ?

FEU-FOLLET

A la rencontre de seigneur Barbe-Bleue.

(*Il sort en chantant.*)

(Air : *La Boulangère.*)

Dans les sentiers de la forêt
Le gai Lutin trottine,
Pour égarer, comme il lui plaît,
L'imprudent qu'il fascine.
C'est le rôle du Feu-Follet
De la Fée Mélusine,
O Gué !
De la Fée Mélusine.

## SCÈNE XII

### RIQUET-A-LA HOUPPE, CHAPERON-ROUGE

RIQUET

Oui, cela entre dans le rôle des lutins et des feux-follets
d'égarer les gens.

CHAPERON-ROUGE, *arrivant*.

Ah ! vous êtes ici, gentil Seigneur ? Je me morfondais à vous attendre auprès de la cascade... Mais où est donc Feu-Follet ?

RIQUET

Il accomplit les ordres de la Fée... Mais vous vous êtes fait attendre trop longtemps. (*Il regarde à sa montre.*) Je vais être en retard. (*Il va pour sortir.*)

CHAPERON-ROUGE

Ah ça ! est-ce que nous jouons à cache-cache ? Vous me laissez là ?

RIQUET

Oui, un petit quart d'heure, le temps d'aller remonter la pendule dans le palais de la Belle-au-Bois-Dormant.

CHAPERON-ROUGE, *ahuri*.

La pendule ?...

RIQUET

Oui, la pendule qui doit sonner son réveil... Je t'expliquerai... Attends-moi ici. (*Il sort vivement.*)

## SCÈNE XIII

### CHAPERON-ROUGE, *seul*.

Ah ça ! est-ce que cet excellent prince aurait perdu la tête ? Elle n'est pas jolie sa tête, mais je suis sûr qu'il la regretterait quand même... Remonter la pendule dans le palais de la Belle-au-Bois-Dormant ?... Qu'est-ce que cela veut dire ? (*Il regarde dans la coulisse.*) Comment diable trouvera-t-il un château par là-bas ? Il s'enfonce au plus épais de la forêt... Allons, je vais attendre pour avoir le mot de cette charade... (*Il regarde.*) Ah ! le voici déjà !... Mais non, ce n'est pas lui... Un... deux... quatre .. six... sept marmots, qui pleurent à tour de bras... Et le plus petit qui regarde à ses pieds, comme s'il avait perdu quelque chose... (*Appelant.*) Hé ! petits ! que cherchez-vous ?

## SCÈNE XIV

### CHAPERON-ROUGE, LE PETIT-POUCET ET SES FRÈRES

*(Les sept petits enfants entrent par ordre de taille
en s'essuyant les yeux.*

CHAPERON-ROUGE

Qu'est-ce que cela ?... Que faites-vous ici ?... Qui êtes-vous ?

LES ENFANTS

(Air de la *Légende de St-Nicolas.*)

Nous sommes sept petits enfants
Abandonnés par leurs parents.

LE PETIT-POUCET

Moi, je suis le Petit-Poucet...

CHAPERON-ROUGE

Tu n'es pas bien grand en effet...

POUCET

Et mes sept frères les voici.

TOUS

Nous voudrions sortir d'ici.

CHAPERON-ROUGE

Pourquoi y êtes-vous venus ?

LES ENFANTS

Nous sommes sept petits enfants
Abandonnés par leurs parents.

CHAPERON-ROUGE

Parbleu ! je le sais bien que vous êtes de petits enfants, mais
je vous demande comment vous êtes ici.

UN ENFANT

Un jour déjà, de grand matin,
Nous nous étions mis en chemin ;
Dans la forêt, le soir venu,
Papa, maman ont disparu.

### TOUS

Et nous fûmes bien désolés,
P'tit Poucet nous a consolés.

### POUCET

J'avais semé des p'tits cailloux,
En r'venant j' les ai trouvés tous :
Ainsi nous sommes revenus,
Alors qu'on n' nous attendait plus.

### TOUS

Papa, maman n' sont pas méchants,
De notr' retour, ils fur'nt contents.

### CHAPERON-ROUGE

Alors, pourquoi vous ont-ils reperdus ?

### UN ENFANT

Papa, maman n'avaient pas d' pain ;
En voyant qu' nous mourions de faim,
Ils se sont dit : en les perdant,
Nous n' verrons pas c' triste accident.

### TOUS

Ils nous ont menés dans les bois :
Nous sommes bien perdus cett' fois.

### CHAPERON-ROUGE

Hé ! seigneur Poucet, vous auriez dû renouveler des semailles
qui vous avaient donné une si belle récolte.

### POUCET

J'avais gardé mon p'tit bout d' pain ;
J'ai j'té les miettes dans l' chemin.
Les oiseaux en ont déjeuné...

### CHAPERON-ROUGE

Ca fait qu' pour rien t'avais jeûné...

### TOUS

Noble Seigneur, secourez-nous ;
Nous prierons le bon Dieu pour vous.

### CHAPERON-ROUGE

Noble Seigneur ! A la bonne heure... Je ne demande pas

mieux que de vous secourir... Mais comment faire ?... Je ne vous reconduirai pas chez vos parents ; d'abord je ne sais pas où ils demeurent... Et puis il pourrait bien leur prendre fantaisie de vous reperdre.

UN ENFANT

Nos parents demeurent là-bas,
Près du moulin de Carabas.
Nous irons trouver le meunier
Il nous donn'ra bien à manger.

CHAPERON-ROUGE

Le moulin de Carabas ! C'est celui de Cadet-Rousselle, mon ancien maître, qui a renoncé aux grandeurs pour redevenir meunier, et qui a donné à son moulin le nom de son ex-marquisat. Certainement il vous donnera à manger... et à vos parents aussi.

LES ENFANTS

Papa, maman n' nous perdront plus,
Si cell' fois nous leurs somm's rendus.

CHAPERON-ROUGE

Rien de plus facile. Je vais vous montrer le chemin. Je vous conduirais bien moi-même, mais j'ai un rendez-vous ici..... Attendez ; Je vais vous donner une lettre de recommandation pour le meunier.

(Il tire un carnet de sa poche et écrit.)

« Vous me ferez plaisir er. pourvoyant aux besoins de ces
« pauvres petits. — Signé : Le Chat-Botté. »

(Il déchire la feuille et la donne à Poucet.)

Vous voyez ce grand chêne, là-bas, au fond de la clairière. Au pied, commence un sentier, vous n'avez qu'à le suivre et bientôt vous verrez les ailes du moulin.

*Les enfants sortent dans le même ordre en chantant.*

(Air : *Allez-vous en, gens de la noce.*)

Retournons vite à la chaumine,
Dont on nous montre le chemin :
Nous ne craindrons plus la famine.
Puisqu'on nous adresse au moulin :
    Il y a du pain
    Dans le moulin.
Retournons vite à la chaumine,
Dont on nous montre le chemin.

## SCÈNE XV

### CHAPERON-ROUGE, seul.

Pauvres petits ! J'irai certainement voir s'ils ne manquent de rien... pourvu que la Fée m'en laisse le temps. A propos, son commissionnaire devrait être de retour... C'est donc bien long à remonter, une pendule ?

## SCÈNE XVI

### CHAPERON-ROUGE, RIQUET

#### RIQUET

Certainement que c'est long... quand on ne la remonte que tous les vingt-cinq ans.

#### CHAPERON-ROUGE

Tous les vingt-cinq ans ?... Alors, M. l'horloger, si vous n'avez pas d'autre besogne, il doit y avoir dans votre métier bien des mortes-saisons.

#### RIQUET, gracement.

Mon cher enfant, je sais que vous avez de l'esprit ; mais la plaisanterie n'est pas toujours de mise.

#### CHAPERON-ROUGE

Ah ! oui. Le petit sermon obligatoire...

#### RIQUET

Incorrigible étourdi !

#### CHAPERON-ROUGE, à part.

C'est l'exorde.

#### RIQUET

Êtes-vous prêt à accomplir les ordres de la Fée ?

#### CHAPERON-ROUGE

Il y a longtemps que je suis prêt... Que faut-il faire ?

RIQUET

Entrer chez Barbe-Bleue, en qualité de page, comme vous
en aviez le projet.

CHAPERON-ROUGE

Ah! mais! Vous voulez donc décidément que je sois mangé?
Si c'est là le dernier exploit que demande la Fée, ce n'était pas
la peine d'entreprendre les autres ; il était bien plus simple de
commencer par là.

RIQUET

Aurais-tu peur ?

CHAPERON-ROUGE

Moi! peur?... pas du tout... Seulement je n'ai jamais eu de
goût pour la cuisine... à l'état passif, s'entend.

RIQUET

La Fée le veut et te protège...

CHAPERON-ROUGE

Oh ! à ce compte... Où est Barbe-Bleue ?

RIQUET

Feu-Follet doit le conduire de ce côté... *On entend une
fanfare.*)... et justement le voici...

CHAPERON-ROUGE

Alors il va me prendre ?

RIQUET

Sans doute.

CHAPERON-ROUGE

Comme gibier ?

RIQUET

Peureux !... (*Il tire un anneau de son doigt.*) Voici un
talisman envoyé par la Fée... L'Ogre ne peut rien contre celui
qui porte cette bague, il est même contraint de le traiter avec
douceur. (*Il passe la bague au doigt de Chaperon-Rouge.*)
Du courage...                                     (*Il sort.*)

## SCÈNE XVII

### CHAPERON-ROUGE, seul.

Me voici rassuré ; mais je ne sais pas encore ce que j'aurai à
faire... Enfin, mon ami Feu-Follet me l'expliquera. (*Il regarde
dans la coulisse.*) Ah ! voici les chasseurs. Mais quel gibier
ont-ils donc poursuivi ?...

Ah ! misérable ! Des enfants ! mes pauvres petits amis !...

## SCÈNE XVIII

### CHAPERON-ROUGE, BARBE-BLEUE

BARBE-BLEUE, *entrant sans voir Chaperon-Rouge.*

Par ma barbe ! voilà un beau coup de filet, d'autant plus
agréable qu'il était inespéré. Les sept petits drôles arrivent
juste à point pour fêter mes amis qui doivent venir bientôt me
féliciter sur mon prochain mariage.

CHAPERON-ROUGE, *à part.*

Le monstre !... (*Haut*) Monseigneur...

BARBE-BLEUE, *brusquement.*

Qui va là ?

CHAPERON-ROUGE

Monseigneur... *Il tombe à genoux et étend les mains, de
manière à montrer son anneau.*

BARBE-BLEUE, *avec douceur.*

Ah ! le gentil damoiseau !... Comment vous nommez-vous,
beau page ?

CHAPERON-ROUGE

Monseigneur, on m'appelle le petit Chaperon-Rouge.

BARBE-BLEUE

C'est un joli nom. (*A part*) C'est la recrue de Feu-Follet.
(*Haut*) Que faites-vous dans cette forêt, si loin de votre mère ?

#### CHAPERON-ROUGE

Ah ! Monseigneur, la voix de la Renommée a apporté jusqu'à moi un écho bien affaibli de vos splendeurs... et... j'avais espéré que peut-être vous daigneriez m'admettre au nombre de vos pages. (*A part*) Vieux cannibale !

#### BARBE-BLEUE

J'en serai très heureux, et, dès cet instant, je vous attache au service spécial de la noble princesse Cendrillon. (*Il se tourne vers la coulisse*). Allons, piqueurs, amenez notre prise ; la forêt est si obscure que je n'ai pu juger de sa valeur.

### SCÈNE XIX

### LES MÊMES, LE PETIT-POUCET ET SES FRÈRES

*Conduits par les piqueurs.*

#### BARBE-BLEUE

*examinant les enfants à mesure qu'ils entrent.*

Ils ne sont pas très gros nos petits lapins, et ils ne me paraissent pas très à point... mais quelques jours de repos et de bonne chère les remettront. (*A Chaperon-Rouge*) Qu'en pensez-vous, gentil page ?

#### CHAPERON-ROUGE

Monseigneur, je ne suis pas très expert en venaison ; toutefois, veuillez me permettre de les examiner.

#### BARBE-BLEUE

A ton aise... (*Il s'approche des piqueurs, comme pour leur donner ses ordres.*)

CHAPERON-ROUGE. (*Il tire ostensiblement son anneau.*)

Je ne puis en sauver qu'un seul, mais ce sera toujours une victime de moins... La Fée me pardonnera. *Il prend la main de Poucet et lui passe la bague au doigt*). Silence ! C'est la vie et la liberté.

### BARBE-BLEUE

Allons, en route... Venez près de moi, gentil page.

### CHAPERON-ROUGE

Monseigneur, permettez-moi d'aller dire adieu à ma mère ; je serai, dans une heure, à votre palais.

### BARBE-BLEUE

Accordé. (Aux piqueurs) En route.

*(Ils sortent en chantant.)*

*(Air : Fontaine, tonton.)*

Monseigneur a fait bonne chasse.
Retournons vite à la maison.
Ton ton ton ton fontaine ton ton.
A la cuisine, il faut qu'on fasse
Cuire à point notre venaison.
Tonton fontaine tonton.

## SCÈNE XX

### CHAPERON-ROUGE, *seul.*

*(Quand la fanfare a cessé, il tombe à genoux.)*

Bonne Fée, pardonnez-moi. C'est vous que j'ai osé appeler ma mère, c'est à vous que j'ai voulu dire adieu... Si vous me pardonnez d'avoir employé votre talisman à sauver un malheureux, daignez me faire entendre votre voix bien-aimée.

*(Musique en sourdine.)*

*(La Fée apparait entourée d'une auréole lumineuse. Cette apparition est facultative.)*

#### VOIX DE LA FÉE

La Fée est satisfaite, enfant, et te pardonne.
Si la justice est lente, elle arrive à la fin.
Les mortes aux vivants donneront leur couronne.
Et les fleurs, à ta voix, se mettront en chemin....
Alors du châtiment l'heure fatale sonne....
La Fée est satisfaite, enfant, et te pardonne....
Mets ce second anneau dans le doigt de ta main....

*(Un anneau tombe aux pieds de Chaperon-Rouge qui le passe à son doigt et le baise.)*

### LA TOILE TOMBE

# ACTE II

## AU CHATEAU DE BARBE-BLEUE

La scène représente une pelouse en avant du château.

---

## SCÈNE PREMIÈRE

### CHAPERON-ROUGE, FEU-FOLLET

*(Chaperon-Rouge est assis sur un banc rustique, au premier plan, à droite : Feu-Follet est debout près de lui.)*

FEU-FOLLET

Oh ! nous pouvons causer sans crainte : monseigneur Barbe-Bleue ne s'éveille pas encore. Ainsi, le prince Riquet-à-la-Houppe t'a bien expliqué ton rôle ?

CHAPERON-ROUGE

Depuis A jusqu'à Z.

FEU-FOLLET

En effet, il a eu le temps de parcourir l'alphabet, puisqu'il t'a gardé toute la nuit au moulin de Carabas.

CHAPERON-ROUGE, *bâillant.*

Il a intercalé dans ses explications force parenthèses, où il ne m'a pas ménagé les leçons de morale.

FEU-FOLLET

Oh ! pour cela, je le crois.

CHAPERON-ROUGE

Oui, mais je n'ai pas compris toutes ses allusions... Il m'a parlé bien souvent de la princesse Cendrillon et de sa sœur Anne, surnommée la Belle-au-Bois-Dormant.

FEU-FOLLET, *embarrassé*.

Sans doute... les princesses.

CHAPERON-ROUGE

Je crois même qu'une fois il les a appelées mes sœurs.

FEU-FOLLET, *à part*.

Le bavard ! (*Haut*. Il voulait dire : les filleules de la Fée Mélusine, ta marraine.

CHAPERON-ROUGE

Peut-être. Mais il n'a pas voulu m'expliquer la prophétie de la Fée.

FEU-FOLLET

Quelle prophétie ?

CHAPERON-ROUGE

La prophétie qu'elle m'a faite dans la forêt... J'ai compris seulement qu'elle était contente de moi et qu'elle me pardonnait. Mais qu'a-t-elle voulu dire par ces paroles :

« Les mortes aux vivants donneront leur conseil.
« Et les fleurs, à ta voix, se mettront en chemin....
« C'est que du châtiment l'heure fatale sonne ?... »

FEU-FOLLET

Ah ! pour cela, je ne sais pas. Mais les prophéties de la Fée se réalisent toujours.

CHAPERON-ROUGE, *s'endormant*.

Oui, toujours... toujours... (*Il murmure*). La Fée... est satisfaite... enfant... et te pardonne... *Sa tête s'incline.*

FEU-FOLLET

Pauvre enfant ! Cette nuit sans sommeil l'a brisé : il lui faut du courage encore pour la lutte suprême qui se prépare.

CHAPERON-ROUGE, *endormi*.

Oui, du courage... La Fée... m'a dit... courage... des couronnes... des anneaux.....

### FEU-FOLLET

Oui, dormez, Monseigneur !... Comme autrefois, le page de la Fée veillera sur votre sommeil... Il ne vous souvient plus des murmures de la brise aux créneaux du manoir ?... La voix familière du lutin vous chantait sa berceuse...

(*Musique en sourdine.*)

(Air de : *l'Homme au Sable*.)

Dormez, la nuit sera brève.
Une Fée, autrefois, dans l'antique manoir,
A l'enfant apportait un beau rêve ;
Son baiser vous disait, chaque soir :
Dormez ; la nuit sera brève.

Dormez ; la nuit sera douce.
Le lutin, par la Fée envoyé quelquefois,
A pour vous recueilli dans la mousse
Les parfums qui s'exhalent des bois.
Dormez ; la nuit sera douce.

Dormez ; la nuit sera belle.
La Fée, auprès de vous, invisible, a passé,
Effleurant votre front de son aile ;
Un instant par le rêve bercé
Dormez ; la nuit sera belle.

Dormez ; la nuit sera brève.
La Fée et son lutin gardent votre sommeil
Et la lutte pour vous a fait trêve...
Pour être fort à votre réveil.
Dormez ; la nuit sera brève.

J'ai bien peur que la nuit ne soit brève en effet ; il est même étonnant que mes petits amis les pages n'aient pas encore troublé le silence.

*Les pages chantent dans la coulisse )*

(Air du : *Roi d'Yvetot* )

A peine au bord de l'horizon,
Paraît l'aube vermeille
Que déjà gai, comme un pinson
Le page se réveille ;
Dans les bosquets, dès le matin,
On entend son rire argentin.
Mutin.
Oh ! oh ! oh ! oh ! Ah ! ah ! ah ! ah !
Les joyeux tapageurs sont là.
Holà !

CHAPERON-ROUGE, *s'éveillant.*

Qu'y a-t-il ?

FEU-FOLLET

Rien, rien. Seulement nos joyeux étourdis effarouchent les rêves ; nous ferons bien de leur laisser la place.

(*Ils sortent.*)

## SCÈNE II

RAOUL, HENRI, ROBERT, RODOLPHE, PAGES

(*Henri et Raoul s'avancent les premiers, les autres pages arrivent par groupes de trois ou quatre.*)

RAOUL

Oh ! je ne pense guère à chanter...

HENRI

Bah ! tu veux me faire peur, ou bien tu as rêvé.

RAOUL

Oh ! non : j'étais bien éveillé, je t'assure, je l'ai vu comme je te vois.

RODOLPHE, *s'approchant suivi des autres.*

Qu'a-t-il donc vu encore, ce poltron de Raoul ? Une Fée, peut-être, planant au-dessus de la tour du Nord dans son char attelé de griffons et faisant pleuvoir des malédictions sur la demeure de Monseigneur Barbe-Bleue, notre maître.

RAOUL

Tu auras beau plaisanter, je l'ai vu comme je vous vois.

RODOLPHE

Mais qui donc ?

RAOUL

Monseigneur Barbe-Bleue.

### ROBERT

Vraiment ?... Le beau miracle ! moi aussi je l'ai vu, encore hier quand il est revenu de la chasse ; il paraissait même de joyeuse humeur.

### RAOUL, *mystérieux*.

Oui... mais cette nuit ? ...

### ROBERT

Ah ! cette nuit je dormais et les autres aussi, je pense, après la longue partie que nous avons faite, hier pendant l'absence de monseigneur.

### RODOLPHE

Monsieur Raoul a le sommeil léger, lui : — On ne dort point, dit-il, quand on a tant d'esprit !

### ROBERT

Ainsi tu as vu Monseigneur cette nuit ?

### RAOUL, *mystérieux*.

Il marchait avec précaution, tenant à la main un grand coutelas et, quand il est revenu avec plus de précaution encore, le coutelas était ensanglanté.

### PLUSIEURS PAGES

Ah ! mon Dieu !

### RODOLPHE

Poltrons ! vous voyez bien que Raoul s'amuse à vos dépens.

### RAOUL

Je te jure que c'est vrai.

### RODOLPHE

Eh bien ! Monseigneur est allé tout simplement à la cuisine, préparer lui-même son gibier d'hier. C'est un fin gourmet, Monseigneur, et il n'a pas toujours confiance dans le talent de ses cuisiniers.

### HENRI

Moi, je pense comme Raoul, il y a quelque chose de louche.

ROBERT

Mais en quoi ?

HENRI

Dans ce gibier. Monseigneur va tous les jours à la chasse, n'est-ce pas ? et nous ne le voyons jamais rapporter de gibier.

PLUSIEURS PAGES

C'est vrai.

RODOLPHE

Vous savez bien que les piqueurs l'introduisent par la poterne du sud qui est plus rapprochée des cuisines.

HENRI

Mais nous n'en mangeons jamais de ce gibier.

RODOLPHE

Gourmand !... Tu sais bien que le prince Riquet-à-la-Houppe, notre gouverneur, nous défend de manger du gibier rapporté par Monseigneur ; il dit que cela ne convient pas à notre âge.

HENRI

Tu as raison. Ainsi donc, mon pauvre Raoul, il n'y avait pas de quoi avoir la chair de poule.

ROBERT

Mais, Raoul, puisque tu vois de si jolies choses, tu devrais bien appeler les voisins.

RAOUL

J'ai appelé Feu-Follet.

RODOLPHE

Eh bien ?

RAOUL

Il n'était plus là.

RODOLPHE

Oh ! ce n'est pas étonnant : il porte bien son nom, celui-là ; il disparaît comme un météore et reparaît de même.

3

RAOUL

Le nouveau page arrivé hier soir avait disparu aussi.

RODOLPHE

Ah ! Chaperon-Rouge ! C'est Feu-Follet qui l'aura emmené.

ROBERT

C'est probable ; ils ont causé longtemps ensemble, hier soir,
à l'écart ; ils combinaient une escapade.

HENRI

Où ont-ils pu aller ?

RODOLPHE

Dans la tour du Nord, parbleu ! puisque c'est défendu.

RAOUL, *vivement.*

Oh ! ne parlez pas de la tour du Nord... si vous saviez ce
que j'y ai vu...

RODOLPHE

Là ! Qu'est-ce que je vous disais ?... (*Ironiquement.*)
M. Raoul connait intimement tous les fantômes, lutins et farfa-
dets qui habitent les murs lézardés de la tour du Nord...
M. Raoul est un grand magicien... Il peut, par ses incantations,
forcer toutes ces vilaines bêtes à sortir de leurs trous.

*(Il chante en gambadant.)*

(Air de : *Biquette.*)
Monsieur les évoquera
Ces bêtes, ces bêtes,
Monsieur les évoquera,
Ces bêtes-là.

*(Les pages se prennent par la main et forment une ronde
autour de Raoul.)*

TOUS

Monsieur les évoquera
Ces bêtes, ces bêtes,
Monsieur les évoquera,
Ces bêtes-là.

RODOLPHE

Il faut appeler le lutin (*bis*).

Lutin n' veut pas montrer sa tête,
Lutin n' veut pas sortir du trou...

TOUS

Monsieur les évoquera, etc.

RODOLPHE

Il faut appeler le fadet (bis),
Fadet n' veut pas pousser l' lutin,
Lutin n' veut pas montrer sa tête,
Lutin n' veut pas sortir du trou...

TOUS

Monsieur les évoquera, etc.

## SCÈNE III

### LES MÊMES, FEU-FOLLET, CHAPERON-ROUGE

FEU-FOLLET

Voulez-vous bien vous taire, petits démons !...

RODOLPHE

Ah ! voilà le lutin .. M. Raoul est un grand magicien ! Vive
M. Raoul !

ROBERT

Vive le lutin Feu-Follet !

FEU-FOLLET

Mais taisez-vous donc ! Vous allez réveiller Monseigneur.

ROBERT

Ah ! c'est vrai... Mais c'est la faute à Raoul qui a toujours
des visions fantastiques.

RODOLPHE

Mais vous-même, M. Feu-Follet, où étiez-vous donc cette
nuit?

FEU-FOLLET

Je faisais ma besogne, et je vous conseille de faire la vôtre,
à moins que vous ne teniez à renouveler connaissance avec la
férule du prince Riquet-à-la-Houppe.

HENRI

Quelle besogne ?

FEU-FOLLET

Avez-vous cueilli des fleurs pour la princesse ?

RODOLPHE

C'est vrai ; nous n'y pensions plus... Allons, Raoul ; il doit
y en avoir de bien jolies au pied de la tour du Nord ; tu pourras
recommencer ton évocation.

FEU-FOLLET

Vous savez bien qu'il est défendu d'aller de ce côté. Du
reste Raoul va rester ici, c'est lui qui est de garde... En route
vous autres.

LES PAGES *sortent en chantant.*

(Air de : *La rifla.*)

C'est un rude labeur,
Par ce temps de chaleur,
Que de cueillir des fleurs
Pour plaire à Monseigneur.
La rifla, etc.

## SCÈNE IV

### FEU-FOLLET, CHAPERON-ROUGE, RAOUL

FEU-FOLLET

Quelles sont donc ces visions fantastiques dont on vous
accuse, M. Raoul ?

RAOUL

Oh ! vous me railleriez encore plus que les autres, vous,
M. Feu-Follet, qui n'avez peur de rien.

FEU-FOLLET

C'est mon métier de n'avoir pas peur et même de faire peur
aux autres.

RAOUL

Ah ! je parie que c'est vous qui étiez dans la tour du Nord,
cette nuit, et qui faisiez danser des lumières.

#### FEU-FOLLET

Tu as donc vu cela ?... Savez-vous, M. Raoul, que vous êtes un petit curieux ?... Je le dirai à la Fée.

#### RAOUL

Mais vous n'étiez pas seul ; j'ai entendu plusieurs voix.

#### CHAPERON-ROUGE

Je vois que vous avez de bons yeux et de bonnes oreilles, M. Raoul.

#### RAOUL

Tiens ! mais c'est vous qui étiez avec Feu-Follet, je reconnais votre voix... Que pouviez-vous faire là-dedans ?

#### FEU-FOLLET

On te l'expliquera, petit curieux.

#### RAOUL, *boudeur.*

Ce n'est pas joli, Feu-Follet. Tu ne m'as jamais emmené, moi qui suis ton ami... et ce nouveau... que nous ne connaissons pas encore...

#### FEU-FOLLET

Je t'emmènerai une autre fois ; mais, pour le moment, tu ferais bien de te rendre à ton poste... Monseigneur va s'éveiller et gare à tes oreilles qui sont si longues !

#### RAOUL

J'y vais. *(En s'en allant.)* C'est égal... que peuvent-ils faire dans cette vieille tour ?...

### SCÈNE V

#### FEU-FOLLET, CHAPERON-ROUGE

#### CHAPERON-ROUGE

Que veut-il dire avec sa tour du Nord ? et comment a-t-il entendu ma voix cette nuit ?

FEU-FOLLET, *embarrassé*.

Ce n'était pas la tienne.

CHAPERON-ROUGE

Je suppose, puisque je n'étais pas même au château. Mais alors cette voix?...

FEU-FOLLET

Je vais t'expliquer. Tu sais que nous avons conduit ici, cette nuit, la Belle-au-Bois-Dormant, et qu'elle est en ce moment auprès de sa sœur, la princesse Cendrillon ?

CHAPERON-ROUGE

Oui, le prince Riquet-à-la-Houppe m'a raconté son réveil après cent ans, celui de toute sa cour, votre voyage et la réception que la Fée vous a faite dans cette vieille tour du Nord, qui est son poste avancé dans la demeure de son ennemi Barbe-Bleue.

FEU-FOLLET

Poste inexpugnable pour le magicien qui a vainement essayé de démolir cette tour ; il s'est contenté d'en défendre les abords et de construire pour lui-même cet édifice moderne qui ressemble de loin à un champignon parasite sur le tronc d'un vieux chêne.

CHAPERON-ROUGE

Tiens ! je n'avais pas remarqué... mais cela ne m'explique pas comment on a cru entendre ma voix.

FEU-FOLLET

C'est la Belle-au-Bois-Dormant qui parlait...

CHAPERON-ROUGE

Comment ?

FEU-FOLLET

Ou la princesse Cendrillon, je ne sais pas ; vos trois voix se ressemblent à s'y méprendre... surtout à distance.

CHAPERON-ROUGE

C'est singulier.

FEU-FOLLET, *à part.*

Pas tant que cela. *(Haut.)* Tu sais à quelle transformation la Fée doit te soumettre encore pour assurer le triomphe de la justice et du bon droit ?

CHAPERON-ROUGE

Oui... et je l'accepte de bon cœur... bien qu'une fourrure soit un peu chaude pour la saison.

## SCÈNE VI

### LES MÊMES, RAOUL

RAOUL

Monseigneur est éveillé et demande ses pages.

FEU-FOLLET

Je crois les avoir entendus chanter, là-bas, dans le parc.

RAOUL

Je vais les chercher.

FEU-FOLLET

Non, reste ici ; nous allons les ramener.

*(Il sort avec Chaperon-Rouge.)*

## SCÈNE VII

### RAOUL, *seul.*

*(Il tire une lettre de sa poche.)*

Voici une lettre que l'on a trouvée dans les vêtements de l'un des prisonniers... Quels prisonniers ?... Monseigneur fait donc des prisonniers ? Je croyais que cette lettre me donnerait le mot de l'énigme... Je ne suis pas curieux... non... mais on aime à savoir... Je l'ai lue cette lettre... deux fois... trois fois ; mais je n'y comprends rien. *(Lisant.)* — Vous me ferez plaisir en pourvoyant aux besoins de ces pauvres petits... Signé : Le

Chat-Botté... Le Chat-Botté! Qu'est-ce que cela ?... Quels pauvres petits ?... Je suis sûr qu'il se manigance quelque chose... Ah ! voici Monseigneur.

(*Il cache la lettre et se tient à l'écart.*)

## SCÈNE VIII

### BARBE-BLEUE, RAOUL

BARBE-BLEUE. (*Il va s'asseoir sur le banc.*)

Ouf ! le grand air me fera du bien... Je crois que j'ai dormi longtemps ; mais j'ai trouvé moyen cependant de faire de bonne besogne. J'avais peur que mon gibier n'échappât : mais, (*il frappe sur son coutelas*) j'y ai mis bon ordre.

RAOUL, *à part.*

Les autres avaient raison.

BARBE-BLEUE

Par exemple, j'ai failli faire un beau coup ! Si je n'avais pas senti sous ma main les couronnes d'or de mes sept petites filles, j'allais les égorger.

RAOUL, *s'approchant.*

Monseigneur !

BARBE-BLEUE

Qu'y a-t-il ?

RAOUL

C'est une lettre que l'on a trouvée dans les vêtements de l'un des prisonniers.

BARBE-BLEUE

Voyons. (*Il lit.*) Vous me ferez plaisir en pourvoyant aux besoins de ces pauvres petits. (*Riant.*) Oh ! j'y ai pourvu et ils n'ont plus besoin de rien... que de quelques tours de broche et d'une bonne sauce. (*Il relit.*) Ah ! la lettre est signée ?.. Signé : Le Chat-Botté. (*Il se lève brusquement.*

*Raoul recule.*) Le Chat-Botté! Il n'est donc pas mort? Il faut que je sache d'où provient cette lettre... (*Au page.*) Va me chercher les prisonniers.

RAOUL

Les prisonniers?...

BARBE-BLEUE

Oui, demande à Cœur-de-Bronze, mon écuyer... Vite !
        (*Raoul sort en courant.*)


SCÈNE IX

BARBE-BLEUE, *seul.*

(*Il marche fiévreusement.*)

Le Chat-Botté! Cet abominable farceur qui m'a joué de si vilains tours! Ce rejeton d'une race maudite qui échappe toujours à ma fureur! Le Chat-Botté! qui a failli me dévorer une fois... Ah! je vais savoir... (*S'arrêtant.*) Mais les prisonniers sont morts... je n'y pensais plus. *Appelant.*) Raoul ! Raoul ! Il n'entend pas. Qu'importe du reste? Le Chat-Botté aussi est mort ; j'en suis sûr. Les Furies que j'ai évoquées par trois fois, pendant les nuits sans lune, m'ont juré par trois fois qu'il était descendu aux enfers (1)... Ah! je devine : c'est une bravade de mon ennemie mortelle la Fée-Mélusine. Ah! ah! Madame la Fée! Vous venez me braver jusque chez moi? Vous vous êtes installée dans cette tour du Nord que ni mes ouvriers, ni mes incantations n'ont pu démolir?... Mais je vous brave à mon tour... Les oracles ont déclaré que je resterais votre égal en puissance jusqu'au moment où j'aurais versé mon propre sang à la place de mes victimes... et je ne me sens pas d'humeur à offrir de sitôt un pareil sacrifice.

_____

(1) *Les aventures du Chat-Botté aux Enfers, épilogue du Chat-Botté, par le même auteur.*

## SCÈNE X

### BARBE-BLEUE, RAOUL

RAOUL, *accourant, tout bouleversé.*

Ah! Monseigneur! Monseigneur!

BARBE-BLEUE

Quoi donc?

RAOUL.

Cœur-de-Bronze est entré dans la chambre... Elle est toute
inondée de sang... les prisonniers n'y sont plus.

BARBE-BLEUE, *avec éclat.*

Malédiction!... Je me suis trompé...

(*Il sort violemment.*)

## SCÈNE XI

### RAOUL, *seul.*

C'est horrible! horrible! Du sang! partout du sang! Car
j'ai regardé, moi aussi, dans la chambre... Sept cadavres
étendus côte à côte!... Oh! des cadavres... Cadavres de petits
monstres aux dents aiguës... Je n'en ai pas vu davantage..
Cœur-de-Bronze m'a rejeté en arrière, comme un volant lancé
par une raquette.

(*On entend chanter.*)

## SCÈNE XII

### RAOUL, FEU-FOLLET, CHAPERON-ROUGE, PAGES

(*Ils arrivent en chantant.*)

(Air : *Il était une Bergère.*)

On a cueilli des roses,
Et ron ron ron
Petit patapon,

On a cueilli des roses,
Et laissé les chardons,
Ron ron,
Et laissé les chardons.
Toutes les fleurs écloses
Et ron ron, etc.
Toutes les fleurs écloses
Et même les boutons, etc.

RAOUL, *courant au-devant d'eux.*

Ah! de grâce! taisez-vous! Si vous saviez...

RODOLPHE

Encore un cauchemar?

RAOUL.

Non, non! Les prisonniers sont partis.. la chambre est inondée de sang!...

RODOLPHE

Décidément, c'est une maladie chronique; il rêve maintenant tout éveillé.

FEU-FOLLET

Tais-toi... l'heure de la plaisanterie est passée.

RAOUL.

Mais sept cadavres, je vous dis... sept cadavres !

CHAPERON-ROUGE

Ah! je devine... Mes pauvres petits amis!...

FEU-FOLLET

Rassure-toi: c'est le châtiment qui commence... C'est son propre sang que l'Ogre a versé, cette fois.

CHAPERON-ROUGE

Si c'était vrai. .

FEU-FOLLET

J'en suis sûr... (*Aux Pages.*) Eloignez-vous; Monseigneur est furieux... (*Les Pages sortent en désordre.*)

## SCÈNE XIII

### LES MÊMES, BARBE-BLEUE

*BARBE-BLEUE, entrant sans les voir.*

Mort et furie! C'est bien mon sang que j'ai versé... Mon ennemie triomphe... O mes enfants! mes pauvres petites filles!... Mais, je les vengerai!... Les petits misérables me le paieront cher... ils ne peuvent être loin; j'ai pris mes bottes de sept lieues; je vais les rattraper.

(*Il sort précipitamment.*)

### CHAPERON-ROUGE

Je tremble pour eux... Il va les rejoindre, c'est sûr.

### FEU-FOLLET

Ne crains rien; la Fée les protège.

### RAOUL

Mais je n'y comprends rien, moi. Qui rejoindre? Quelle Fée?

### FEU-FOLLET

Mon petit Raoul, la curiosité coûte cher parfois; tu ferais bien d'aller retrouver les autres pages.

### RAOUL

Oh! je ne demande pas mieux. (*Il va pour sortir et recule.*) Ah! quels sont ceux-ci?...

## SCÈNE XIV

### LES MÊMES, LE PETIT-POUCET ET SES FRÈRES

(*Ils ont des couronnes d'or sur la tête*)

### LES ENFANTS, *tombant à genoux.*

(Air de *Saint-Nicolas.*)
Nobles Seigneurs, secourez-nous,
Ou l'Ogre va nous manger tous.

FEU FOLLET, *les relevant.*

Eh ! non, l'Ogre ne vous mangera pas ; il vous cherche bien loin d'ici ; du reste je vais surveiller son retour.

(*Il sort.*)

CHAPERON-ROUGE

Mes pauvres petits, que s'est-il donc passé ?

UN ENFANT

Nous étions tout près du moulin,
Quand un Ogre apparut soudain.
Les bras liés derrière le dos,
Il nous traîna dans ce château.

RAOUL.

J'vois maintenant quel est ce gibier
Qu'on n'veut pas nous laisser goûter.

UN ENFANT

D'abord il voulut nous manger,
Au lieu d'nous donner à souper ;
Mais bientôt il se ravisa
Dans un grand lit il nous coucha.

CHAPERON-ROUGE

Oui ; il connaît l'adage d'économie culinaire : « Qui dort, dîne. »

LES ENFANTS

Nous n'pouvions pas nous endormir,
Croyant toujours le voir venir.

UN ENFANT

A l'autre bout d' l'appartement
On entendait un ronflement ;
Les filles de l'Ogre dormaient,
Des couronnes d'or ell's avaient.

CHAPERON-ROUGE

Çà n' vaut pas un bonnet d'coton
Bien attaché sous le menton.

UN ENFANT

Le Petit-Poucet se leva,
Sur la pointe du pied marcha.

Les couronn's d'or il enleva,
Et sur les têtes les mettra.

#### RAOUL

C'était pas bête assurément ;
Je n'en aurais pas fait autant.

#### UN ENFANT

L'Ogre se leva vers minuit,
Ouvrit la porte à petit bruit ;
Sans chandelle, il vint à pas-d'loup,
Disant : Faut leur couper le cou.

#### CHAPERON-ROUGE

Oui : économie de bouts de chandelles !

#### LES ENFANTS

Mais sur les lit's, heureusement
Il promena sa main avant.

#### UN ENFANT

Il brandissait un grand couteau ;
Nous tremblions dans notre peau.
— Ce sont mes fill's, dit-il encor,
Car ell's ont leurs couronnes d'or. —

#### CHAPERON-ROUGE

C'est qu'hier soir il avait trop bu,
Sans cela vous étiez perdus.

#### UN ENFANT

A ses sept fill's il coupa l' cou. .

#### CHAPERON-ROUGE

Ça devait les gêner beaucoup...

#### UN ENFANT

Quand l'Ogre eut les talons tournés,
Sans bruit nous nous somm's esquivés.

#### CHAPERON-ROUGE

A c'jeu là vous gagnez encor
Chacun une couronne d'or.

## SCÈNE XV

## LES MÊMES, FEU-FOLLET

FEU-FOLLET, *arrivant.*

Et ces couronnes, ils peuvent les garder, à titre de dommages-intérêts ; elles pourront leur donner du pain.

CHAPERON-ROUGE

Eh ! mais... ces couronnes !... c'est la prophétie qui se réalise :

Les mortes aux vivants ont donné leurs couronnes.

FEU-FOLLET

Le reste se réalisera bientôt. Mais Barbe-Bleue pourrait arriver d'un instant à l'autre ; il ne fait pas bon ici pour les petits amis.

CHAPERON-ROUGE

C'est vrai ; mais où les cacher ?

FEU-FOLLET

Pas ici ; l'Ogre sentirait la chair fraîche ; ils feraient bien de retourner au moulin de Carabas.

CHAPERON-ROUGE

Mais si Barbe-Bleue allait les rencontrer encore ?

FEU-FOLLET

Eh ! non ; il est parti de ce côté, il reviendra de l'autre.

CHAPERON-ROUGE

Tu as raison. En route ! mes pauvres petits.

(*Tous sortent en chantant.*)

(Air : *Allez-vous en, gens de la noce.*)
Retournons vite à la chaumière
Où nous attendent nos parents.
Nous ne craindrons plus la misère,
Nous avons du pain pour longtemps.
Oui nos parents
Seront contents.
Retournons vite à la chaumière
Où nous attendent nos parents.

LA TOILE TOMBE

# ACTE III

---

## SCÈNE PREMIÈRE

### FEU-FOLLET, RAOUL.

**FEU-FOLLET**

Monsieur Raoul, souvenez-vous bien que vos oreilles me répondent de votre discrétion.

**RAOUL**

Oh! tu n'as rien à craindre; je serai discret comme la tombe.

**FEU-FOLLET**

Et tu n'es plus jaloux de Chaperon-Rouge?

**RAOUL**

Tu veux dire notre jeune prince, le prince Charmant!... Oh! que je serais heureux s'il voulait m'agréer comme page, quand ce monstre de Barbe-Bleue, en rendant sa vilaine âme au diable, aura restitué ce qu'il avait volé.

**FEU-FOLLET**

Eh bien! C'est comme cela que vous êtes discret?...

**RAOUL**

Oh! nous sommes seuls.

**FEU-FOLLET**

Oui; mais tu vas raconter aux autres pages tout ce que tu sais.

RAOUL.

Nenni donc ! Ils se sont moqués de moi ; je vais leur rendre la pareille et berner leur curiosité avec une histoire à dormir debout.

FEU-FOLLET

A la bonne heure. Une indiscrétion pourrait tout perdre, et tu sais maintenant quel sort vous réservait Barbe-Bleue ?

RAOUL.

Oui ; il nous gardait pour la bonne bouche.

FEU-FOLLET

Nous lui réservons un morceau un peu plus dur à avaler.

RAOUL.

Mais Chaperon-Rouge, le prince Charmant, nous prendra-t-il comme pages, moi et les autres ?

FEU-FOLLET

Certainement, si vous êtes gentils. Allons, va les retrouver et pas un mot de tout cela...

RAOUL.

Bien sûr que non... Mais où sont-ils ?

FEU-FOLLET

Ils disposent en bouquet vos fleurs d'hier.

RAOUL.

C'est juste... je vais les aider.

(*Il sort.*)

## SCÈNE II

### FEU-FOLLET, *seul.*

J'ai été obligé de révéler nos secrets à ce petit curieux qui en avait déjà surpris la moitié... Nous voici un allié de plus... Il est mignon, cet enfant, et les autres pages aussi. Pauvres

4

enfants ! ils ne perdront pas au change, aussi bien que ceux
des soldats qui ne se sont pas trop compromis dans les crimes
de l'Ogre. La Fée m'en a donné la liste ; il faut que je distribue
les postes de manière à ce que les autres soient appelés hors
du château, quand il sera nécessaire... Certainement, les
gardes de la Belle-au-Bois-Dormant, cachés en ce moment
dans la tour du Nord, sont plus nombreux et se rendraient
facilement maîtres de la place ; mais il vaut mieux éviter une
bataille.

Ah ! voici Barbe-Bleue... il fait grise mine.

## SCÈNE III

### BARBE-BLEUE, FEU-FOLLET

#### BARBE-BLEUE

Feu-Follet !

#### FEU-FOLLET

Monseigneur.

#### BARBE-BLEUE

Va dire à Cœur-de-Bronze de remplacer les sentinelles sur
les créneaux et de doubler les postes.

#### FEU-FOLLET

Oui, monseigneur.                                    (*Il sort.*)

## SCÈNE IV

### BARBE-BLEUE, seul.

C'est une lutte décisive, cette fois, entre la Fée et moi, lutte
suprême, sans trêve et sans merci... Elle a remporté le premier avantage... mes mains se sont trempées dans le sang de
mes pauvres enfants !...

J'ai voulu revoir les petits cadavres : ils étaient là, tous les
sept, frappés de la même blessure, la gorge ouverte et san-
glante... Pauvres petites ! elles me ressemblaient... Leurs jolies
petites dents, aiguës comme celles d'un chat, commençaient

à déborder leurs lèvres et déchiraient déjà à merveille la chair des petits enfants... Hélas ! leurs mignonnes mains crochues, aux ongles acérés, pendent immobiles... leurs jolis petits yeux ronds sont fermés pour toujours... (*Avec violence.*) Ah !... je les vengerai !... (*Avec accablement.*) Mais la vengeance aussi m'échappe... Les petits misérables, cause de la catastrophe, se cachent je ne sais où..., c'est en vain que je les ai poursuivis de tous les côtés... et, pour comble de malheur, je me suis assis sur un rocher pour prendre quelque repos, je me suis endormi et, pendant mon sommeil, on m'a volé mes bottes de sept lieues... ces bottes merveilleuses qui s'adaptaient à tous les pieds et qui me rendaient inévitable dans la poursuite, insaisissable dans la fuite... (*Terrible.*) Oh ! je ne suis pas encore vaincu. La Fée elle-même, mon ennemie, ne peut rien contre moi... Le Chat-Botté seul pourrait me mettre à mort,... et je n'ai plus rien à craindre de lui... car les Furies que j'ai évoquées par trois fois, pendant les nuits sans lune, m'ont juré par trois fois, sur le Styx, qu'il était descendu dans les enfers...

Du reste j'ai commencé à composer, avec le sang de mes enfants, un enchantement terrible qui ajoutera sa puissance à celle de mon talisman... ce talisman merveilleux qui me rend invulnérable... cette fameuse *pantoufle-de-verre* que j'ai volée à la princesse Cendrillon et que j'ai plongée déjà dans le sang de sept cent soixante-dix-sept enfants. Il est là, dans mon laboratoire, où la Fée elle-même ne saurait pénétrer, sans cette clé dont je ne me sépare jamais... (*Il montre la clé. Arrivent deux gardes portant un énorme vase de fleurs.*)

## SCÈNE V

### BARBE-BLEUE, LES GARDES

#### BARBE-BLEUE, *vivement.*

Qui va là ? (*Les gardes avancent en silence, déposent le vase et se retirent.*)

Ah ! ce sont les fleurs destinées à la princesse. Je vais les lui envoyer. (*Appelant.*) Feu-Follet !

## SCÈNE VI

### BARBE-BLEUE, FEU-FOLLET

FEU-FOLLET, *paraissant.*

Monseigneur.

BARBE-BLEUE

Tu vas porter ces fleurs à la princesse.

FEU-FOLLET

Mais, Seigneur, vous savez bien que la princesse m'a défendu de me présenter devant elle, et puis que je l'ai offensée en lui vantant votre grandeur, votre générosité, votre bon cœur... (*A part.*) Vieux cannibale !

BARBE-BLEUE

C'est vrai... Appelle un autre page.

FEU-FOLLET

Ils sont presque tous comme moi.

BARBE-BLEUE

Mais celui que j'ai pris hier à mon service?

FEU-FOLLET

Ah ! Chaperon-Rouge ? Il n'est pas encore en disgrâce, lui ; je vais l'appeler.

BARBE-BLEUE

Qu'il me rapporte la réponse...　　　　　　(*Il sort.*)

## SCÈNE VII

### FEU-FOLLET, *seul.*

Tout est réglé ; j'ai placé moi-même les sentinelles, sans appeler Cœur-de-Bronze. La princesse Cendrillon sait maintenant que l'heure de la délivrance approche et que son frère, le prince Charmant doit, aujourd'hui même, mettre à mort son persécuteur ; aussi a-t-elle fait monter sa sœur Anne, la Belle-au-Bois-Dormant, sur la plus haute tour pour lui signaler la venue du libérateur... C'est une bonne vigie qui ne s'endormira pas à son poste ; elle n'a pas besoin de sommeil d'ici longtemps ; mais elle ne verra rien venir... du dehors. Je ne pouvais pourtant pas trahir le secret de la Fée... Ah ! mais j'oublie mon bouquet. (*Il le regarde.*) On voit bien que Monseigneur Barbe-Bleue n'a jamais lu son La Fontaine, il ne connait pas la fable de l'Ane et le petit Chien... En voilà un bouquet à offrir à une princesse ! Autant vaudrait lui offrir un fagot d'épines ou une charretée de foin... Ah ! voilà Chaperon-Rouge.

## SCÈNE VIII

### FEU-FOLLET, CHAPERON-ROUGE

#### FEU-FOLLET

Approchez, gentil page, vous allez faire vos débuts dans votre nouveau métier. Voilà un gracieux bouquet qu'il faut offrir à la princesse, de la part du seigneur Barbe-Bleue.

#### CHAPERON-ROUGE

Çà, un bouquet ? mais c'est une gerbe !

#### FEU-FOLLET

Justement... c'est la mode maintenant. Et tu rapporteras la réponse.

#### CHAPERON-ROUGE

A l'instant.

#### FEU-FOLLET

Mais, tu sais, il y a réponse et réponse.

#### CHAPERON-ROUGE

Comme les fagots alors ?

#### FEU-FOLLET

Comme les fagots. Ta réponse doit être bonne... Par

exemple : si tu reçois un coup d'éventail sur les doigts, tu changeras cela en route et tu rapporteras un sourire...

CHAPERON-ROUGE

C'est entendu... *Il va prendre le vase et essaye de le soulever.*) Ah! mais il est joliment lourd, ce bouquet!... (*Il essaye encore.*) Ah! j'y renonce. (*Il lève sa toque et s'incline devant le bouquet.*) Mon cher petit bouquet, tu serais bien aimable, si tu voulais aller tout seul à ton adresse... (*A ces mots le vase de fleurs se met en route lentement du côté de la coulisse, où il disparaît. Chaperon-Rouge recule.*) Qu'est-ce que cela?...

FEU-FOLLET, *gravement.*

Cela? c'est l'accomplissement de la prophétie.

CHAPERON-ROUGE

C'est vrai :

Et les fleurs, à ma voix, se mettent en chemin.

FEU-FOLLET

C'est que du châtiment l'heure fatale sonne.

CHAPERON-ROUGE

Je suis prêt.

FEU-FOLLET

Va donc dans la tour du Nord et la Fée t'armera pour la lutte suprême, ainsi que l'ont ordonné les destins. Tu n'auras pas de répugnance à redevenir pour un instant ce que tu as été?

CHAPERON-ROUGE

Au contraire.

FEU-FOLLET, *s'inclinant.*

Allez donc, Monseigneur.

CHAPERON-ROUGE, *étonné.*

Pourquoi m'appelles-tu Monseigneur?

FEU-FOLLET

Vous le saurez bientôt... Une grande joie vous est réservée... Du courage... je ne puis rien dire de plus.

(*Chaperon-Rouge sort.*)

## SCÈNE IX

### FEU-FOLLET seul, avec émotion.

Oh! oui, une grande joie vous est réservée, à vous, pauvre enfant! qui n'avez jamais connu votre famille... Allons bon! Est-ce que je vais pleurer?... Ce serait joli pour un lutin... mais, au service de la Fée Mélusine, on éprouve parfois des émotions... Elle est si touchante cette histoire.

(Il chante.)

(Air du : Fil de la Vierge.)

Trois gracieux enfants aux baisers d'une mère
 Sont arrachés.
D'un affreux magicien l'implacable colère
 Les a cachés.
Cette haine longtemps assombrira leur vie,
 Pauvres enfants !
Dans un sombre château, l'une reste endormie
 Pendant cent ans.
Une autre subissant la loi qui la condamne,
 Pauvre oisillon !
Plus malheureuse encor, sera d'abord Peau-d'Ane
 Puis Cendrillon ;
Et le prince Charmant, sans la Fée Mélusine,
 Serait resté
Toujours enseveli sous la soyeuse hermine
 Du Chat-Botté.

Mais non, il n'y restera pas longtemps sous cette fourrure humiliante. Tout le monde est à son poste... Riquet-à-la-Houppe a dû préparer un appât avec un Poucet quelconque, pour nous ménager une diversion... C'est à mon tour d'agir, et ce n'est pas le plus facile... Enlever au vieil anthropophage le talisman qui le rend invulnérable : cette fameuse Pantoufle-de-verre, cadeau de Madame Mélusine à sa filleule et dont le vieux Caraïbe s'est emparé... Il la cache dans son laboratoire, j'en suis sûr... Mais comment y pénétrer?... La Fée elle-même n'a jamais pu en briser les murs dont chaque pierre est scellée avec des paroles magiques... Il faudrait avoir la clé; mais le vieux Canaque n'a garde de s'en séparer... Il faut la voler... c'est certain. Mais comment faire?... l'endormir?... l'enivrer?... Vieux moyens, usés jusqu'à la corde...

Ah! une idée... Je suis sûr que c'est en même temps la clé
de cette fameuse cassette qu'il a offerte à la princesse et qu'elle
a refusée... Je vais bien voir...

## SCÈNE X

### BARBE-BLEUE, FEU-FOLLET

BARBE-BLEUE

Eh bien! Chaperon-Rouge est-il de retour?

FEU-FOLLET

Monseigneur, la princesse a été si charmée de votre gracieux
bouquet et de la gentillesse de votre page qu'elle les a gardés
tous les deux.

BARBE-BLEUE

Ah! très bien.

FEU-FOLLET

Elle redemande même la cassette qu'elle avait refusée.

BARBE-BLEUE

Tu la lui as portée?

FEU-FOLLET

Oui; mais impossible de l'ouvrir; aussi m'envoie-t-elle vous
demander la clé.

BARBE-BLEUE, *brusquement.*

La clé?

FEU-FOLLET

Sans doute... Comment voulez-vous?...

BARBE-BLEUE

Je vais l'ouvrir moi-même.

FEU-FOLLET, *à part.*

Aïe! Tout est manqué. (*Haut.*) Monseigneur, je vous en
prie, n'offensez pas la princesse...

BARBE-BLEUE

C'est vrai... elle ne veut pas me voir...

FEU-FOLLET

Bientôt, Monseigneur, bientôt.

BARBE-BLEUE

Mais cette clé ! Sais-tu bien ce que c'est, cette clé ?

FEU-FOLLET

La clé de la cassette, donc.

BARBE-BLEUE

Et celle de mon laboratoire.

FEU-FOLLET, *indifférent.*

Ah ! (*A part.*) J'avais deviné.

BARBE-BLEUE, *avec force.*

De mon la-bo-ra-toire, entends-tu ?

FEU-FOLLET

J'entends bien... Qu'est-ce que ça fait ?...

BARBE-BLEUE

Comment ? Qu'est-ce que ça fait ?... Mais, dans ce laboratoire, mon laboratoire d'alchimiste... nul ne doit entrer... (*A
part.*) Surtout maintenant.

FEU-FOLLET

Bon ! Hé ! qui peut avoir l'idée d'entrer dans votre laboratoire ? La princesse, peut-être ? Ce serait bien intéressant pour
elle de voir vos cornues, vos alambics, vos crocodiles, vos
chauves-souris.... et.... quoi encore ? des squelettes, peut-être ?

BARBE-BLEUE, *violemment.*

Des squelettes ?... (*A part.*) Aurait-il deviné ?...

FEU-FOLLET, *tranquillement.*

Ah ! il n'y a pas de squelettes ? Ce n'est pas la peine ; le
reste est bien suffisant pour effrayer.

**BARBE-BLEUE**

Voici la clé. (*Il la détache.*) Mais fais bien attention que la moindre tentative pour pénétrer dans le laboratoire serait punie des plus effroyables tortures et de la mort la plus horrible.

FEU-FOLLET, *prenant la clé.*

Oh ! il n'y a pas de danger.

BARBE-BLEUE

Du reste je vais monter la garde à la porte. (*Il sort.*)

## SCÈNE XI

### FEU-FOLLET, *seul.*

Au diable le vieux soupçonneux ! Tant pis ! j'entrerai malgré lui dans son laboratoire... quand même je devrais le percer d'outre en outre avec cette clé.     (*Il la brandit.*)

## SCÈNE XII

### FEU-FOLLET, UN GARDE

LE GARDE

Monseigneur ! Monseigneur !

FEU-FOLLET

Qu'y a-t-il ?

LE GARDE

Où est Monseigneur.

FEU-FOLLET

Il se dirige vers son laboratoire.

LE GARDE

Il faut l'appeler. (*Il sort en criant.*) Monseigneur ! Monseigneur !

## SCÈNE XIII

### FEU-FOLLET, BARBE-BLEUE, LE GARDE

FEU-FOLLET

A la bonne heure ! il va me laisser la place.

(*Il va pour sortir.*)

BARBE-BLEUE, *revenant avec le garde.*

Tu es sûr que ce sont eux ?

LE GARDE

Oui, Monseigneur ; la sentinelle a parfaitement reconnu l'un des petits misérables... Il se promène bien en évidence comme s'il voulait vous narguer...

BARBE-BLEUE

Me narguer ! Que tous les soldats disponibles montent à cheval et sortent par la poterne, va. (*Le garde sort.*) Ah ! je les tiens, cette fois. Je n'ai plus mes bottes de sept lieues, c'est vrai ; mais il m'en reste une vieille paire.... de cinq lieues.... elles seront suffisantes. (*A Feu-Follet.*) L'heure de la vengeance a sonné.

FEU-FOLLET

Je le crois.

BARBE-BLEUE

Et moi, j'en suis sûr. (*Il sort.*)

## SCÈNE XIV.

### FEU-FOLLET, *puis* LE CHAT-BOTTÉ

FEU-FOLLET

Parbleu ; moi aussi j'en suis sûr, que l'heure de la vengeance a sonné. Bravo ! prince Riquet, vous avez bien préparé votre appât et la chasse serait intéressante à suivre... Quel pied-de-nez il va avoir ! A moi le talisman !

(*Il fait tourner la clé et chante.*)

(Air de : *La Mère Michel*.)

La victoire est à nous, il me laisse la clé,
J'aurai ce talisman qu'il a si bien bouclé...
Puisque les chats sont loin, dansez rats et souris...

### LE CHAT, *apparaissant*.

Eh ! mon cher Feu-Follet, le Chat n'est pas parti.
Vivent les chats ! chats ! chats ! chats ! (*bis*)
Vivent les chats ! Vivent les chats !
Mort aux rats !

### FEU-FOLLET

Ah ! tout va bien, Monseigneur Minet, nous sommes les maîtres... Barbe-Bleue a emmené tous les gardes qui nous gênaient... Attendez-moi un instant ici. Je vais dans son laboratoire chercher le talisman qui le rend invulnérable et cette eau diabolique dont une seule goutte suffit pour donner la mort. (*Il sort.*)

## SCÈNE XV

### CHAT-BOTTÉ, *seul*.

Cette salle ressemble de tous points à celle où nous avons eu notre premier duel, le seigneur Barbe-Bleue et moi... Ah ! ah ! Monseigneur l'Ogre, vous aviez un talisman ?... Ce n'est pas de jeu cela. Mais, cette fois, je crois que nous vous tenons... Il n'y aura pas de mille-pattes qui tienne, vous y laisserez vos os.

## SCÈNE XVI

### LE CHAT, RIQUET-A-LA-HOUPPE

#### RIQUET-A-LA-HOUPPE

Salut à vous, Monseigneur le Chat.

#### LE CHAT

Ah ! c'est vous, prince ? D'où venez-vous donc ?

#### RIQUET

Je viens d'assister à une chasse mouvementée, je vous en réponds.

LE CHAT

Une chasse ?

RIQUET

Hé ! oui, la chasse que j'avais organisée, par ordre de la Fée.

LE CHAT

Par ordre de la Fée ?

RIQUET

Sans doute. Pour la troisième fois Barbe-Bleue est à la poursuite de vos petits amis.

LE CHAT

Mais il va les prendre...

RIQUET

Pas de danger... Vous savez qu'il n'a plus ses bottes de sept lieues ; le Petit-Poucet les lui a enlevées pendant son sommeil.

LE CHAT

Ah ! tant mieux !

RIQUET

Il s'en est servi pour entraîner Barbe-Bleue sur une fausse piste... Mais il a bien failli être pris.

LE CHAT

Comment ? avec ses bottes.

RIQUET

Eh ! oui. Le damné magicien en avait une autre paire... un peu moins grande heureusement. Nous n'en savions rien... et le Petit-Poucet qui s'amusait à narguer son persécuteur se voyant près d'être atteint, s'est mis à faire des enjambées terribles... Il ne s'est pas aperçu qu'il arrivait au bord de la mer... Son premier pas l'a porté en Angleterre, le second en Irlande, le troisième, sur un navire qui, juste à point, revenait d'Amérique... L'Ogre a dû s'arrêter piteusement sur la plage.

LE CHAT

Et vous avez vu tout cela ?

Oui ; la Fée m'avait prêté l'un de ses griffons, afin que je puisse, secourir au besoin votre petit protégé.

LE CHAT

Mais ce navire, où l'aura-t-il conduit.

RIQUET

Vous allez le savoir, car le voici avec ses frères.

## SCÈNE XVII

### LES MÊMES, LE PETIT-POUCET ET SES FRÈRES

LE PETIT-POUCET, *en habit de mousse, avec des bottes.*

(Air du *Petit Navire.*)

C'était un pauvre vieux navire (*bis*)
Qu'avait beaucoup-cou-cou trop navigué (*bis.*)

Depuis plus de quatre semaines (*bis*)
Viande, pain, bis-bis-biscuit, tout manquait (*bis.*)

Ils tiraient à la courte-paille (*bis*)
Pour savoir qui qui qui serait mangé (*bis.*)

J'étais pour eux un' bonne aubaine (*bis*)
Moi qu'avais-ja ja-ja-jamais navigué (*bis.*)

LE CHAT

C'était sortir d' la poêle à frire (*bis.*)
Et dans la mar-mar-marmit' retomber (*bis.*)

PETIT-POUCET

Heureusement que la vigie (*bis*)
A crié : Ter-ter-terre sous le vent ! (*bis.*)

On m'donna la place du mousse (*bis*)
Qu'on avait fri-fri-fricassé... avant (*bis.*)

Je montai sur la grande hune (*bis*)
Et j'enjambai-bai-bai sur l' continent (*bis.*)

J'emportais un' longue ficelle (*bis*)
Et j' les ai hiss-hiss-hissés dans le port.

LE CHAT

A la bonne heure ! tu n'as pas gardé rancune à ceux qui voulaient te manger.

## SCÈNE XVIII

### LES MÊMES, FEU-FOLLET

#### FEU-FOLLET

C'est très bien, mes petits amis ; mais il est inutile de vous jeter encore dans la gueule du loup. Barbe-Bleue ne saurait tarder à revenir. Le prince va vous conduire dans une cachette où vous n'aurez rien à craindre.

#### RIQUET

Je suis à vos ordres, Monsieur Feu-Follet.

Air : (*La Casquette du Père Bugeaud*)

C'est par-là,
La cachette, la cachette,
C'est par là,
La cachette qu'il faudra.

#### LES ENFANTS *sortent en chantant.*

C'est par là,
La cachette, la cachette,
C'est par là,
La cachette qu'il faudra.

## SCÈNE XIX

### FEU-FOLLET, LE CHAT.

#### LE CHAT

Eh bien ! as-tu réussi ?

#### FEU-FOLLET

Voici le talisman et la fiole... ne l'ouvrez pas surtout. Je vous en expliquerai l'usage. (*On entend une fanfare.*) Mais veuillez sortir à votre tour, voici Barbe-Bleue.

(*Le Chat s'esquive.*)

## SCÈNE XX

### FEU-FOLLET, *seul.*

C'est épouvantable ce qu'il y a dans ce laboratoire... et la

princesse Cendrillon qui a voulu y pénétrer, malgré mes
remontrances, a failli s'évanouir... Elle a laissé tomber la clé
(*il la montre*) qui est encore toute pleine de sang (*il essuye la
clé*)... Sept cadavres ! cadavres de petits monstres égorgés et
tout livides déjà... (*Il regarde la clé*) Ah ! ce sang ne veut
pas s'en aller (*il frotte avec énergie*). Tout est perdu ! la clé est
ensorcelée ! l'Ogre va s'apercevoir...

(*Entre Barbe-Bleue, Feu-Follet cache la clé.*)

## SCÈNE XXI

### FEU-FOLLET, BARBE-BLEUE

#### BARBE-BLEUE

Malédiction ! les petits misérables m'échappent encore. C'est
ce petit bandit qui m'a volé mes bottes et qui s'est joué de
moi ! (*Il aperçoit Feu-Follet.*) Ah ! c'est toi ? Où est ma clé ?

#### FEU-FOLLET, *tremblant.*

La voici, Monseigneur.

#### BARBE-BLEUE, *regardant la clé.*

Mille démons ? on est entré dans mon laboratoire !

#### FEU-FOLLET

Monseigneur... Je vous assure...

#### BARBE-BLEUE

Tais toi ! le mensonge est inutile. Tu ne savais donc pas que
ma clé est une clé magique et que les taches de sang ne peuvent s'effacer ?

#### FEU-FOLLET

Mais... la princesse...

#### BARBE-BLEUE

La princesse ! ... C'est elle qui a enfreint mes ordres ?... Sa
dernière heure a sonné. (*Il repousse Feu-Follet qui essaye de
le retenir et s'élance au dehors.*)

## SCÈNE XXII

### FEU-FOLLET, *seul.*

Ah ! qu'ai-je fait ? J'ai trahi la princesse en voulant la défendre... Il faut la sauver... Je cours prévenir la Fée.

(*il sort affolé.*)

LA SCÈNE RESTE VIDE UN INSTANT

(Ici on pourrait commencer un quatrième acte ou faire un changement de décor à vue en transportant la scène dans une autre partie du château.)

## SCÈNE XXIII

### BARBE-BLEUE

(*Il entre, son coutelas à la main, et parle à la cantonade.*)

Oui, madame, vous avez cinq minutes pour prier Dieu... Ses larmes m'ont ému... pour un instant... mais il me faut ma vengeance. ( *Il essaye la pointe de son coutelas* ) Je transporterai ce nouveau cadavre à côté des sept autres dans mon laboratoire, je mêlerai le sang de ces deux races ennemies et je composerai le philtre de l'immortalité. (*Il aiguise son coutelas en silence. — Un temps.*) Madame, l'heure s'avance, descendez comme il est convenu.

VOIX DE CENDRILLON

Encore un instant, Seigneur... Anne, ma sœur Anne, ne vois-tu rien venir ?...

VOIX DE SŒUR ANNE, *plus lointaine*

Je ne vois que le soleil qui poudroie et l'herbe qui verdoie...

BARBE-BLEUE, *crescendo.*

Descendez, madame, ou je monterai là-haut.

VOIX DE CENDRILLON

Encore un instant, Seigneur... Anne, ma sœur Anne, ne vois-tu rien venir ?...

VOIX DE SŒUR ANNE

Je ne vois que le soleil qui poudroie et l'herbe qui verdoie...

BARBE-BLEUE

Descendez, madame, ou je vais vous égorger dans votre oratoire.

VOIX DE CENDRILLON

Encore une seconde, Seigneur... Anne, ma sœur Anne, ne vois-tu rien venir ?...

VOIX DE SŒUR ANNE

Une ombre immense s'étend au-devant du soleil... les ailes des griffons battent l'air enflammé et obscurcissent les prairies... La Fée ! voici la Fée...

BARBE-BLEUE, *voix terrible*

Hécate veut du sang !

(*Il s'élance en brandissant son coutelas.*)

## SCÈNE XXIV
### BARBE-BLEUE, LE CHAT

LE CHAT

(*Il bondit sur Barbe-Bleue et lui arrache son coutelas.*)
Où allez-vous donc, Seigneur Barbe-Bleue ?...

BARBE-BLEUE, *reculant.*

Le Chat Botté ! Les oracles ont menti...

LE CHAT

Eh ! oui, ils ont menti, les oracles, c'est une mauvaise habitude qu'ils ont prise en fréquentant les sorciers.

BARBE-BLEUE, *tombant à genoux.*

Pardon, noble Seigneur ! Pitié, prince Charmant... je vous rendrai votre héritage...

LE CHAT, *railleur.*

Allons donc ! Monsieur l'Ogre, on dirait que vous avez peur... Appelez donc à votre aide vos amis d'autrefois.

BARBE-BLEUE, *se relevant.*

Ah ! tu me railles ?... Hécate ! Atropos ! Alecton !... Puissances de la nuit, des abîmes et des enfers !...

### LE CHAT

Ah ! ah ! Monsieur l'Ogre, criez plus fort... vos protecteurs sont endormis... *(Il tire le talisman et le montre.)*

### BARBE-BLEUE

Mon talisman ! je suis perdu ! *(il tombe à genoux et se cache la tête dans ses mains.)* Frappe ! et sois maudit ! Que mon sang retombe sur vous tous...

### LE CHAT

Allons donc ! Ton sang ne retombera nulle part ; il ferait des taches trop difficiles à laver... Reconnais-tu ce flacon ?

### BARBE-BLEUE

*L'eau des Parques !* Plus d'espoir ! *(Il baisse la tête.)*

### LE CHAT, *s'avançant lentement.*

Si la justice est lente, elle arrive à la fin...
*(Il lance le contenu du flacon sur Barbe-Bleue.)*

### BARBE BLEUE

Ah !... *(Il retombe en arrière. — Le Chat sort.)*

## SCÈNE XXV
#### BARBE-BLEUE *étendu,* RIQUET-A-LA-HOUPPE, FEU-FOLLET, LE PETIT POUCET ET SES FRÈRES
*(Les plus petits enfants se tiennent par la main et n'osent avancer.)*

### FEU-FOLLET

Bravo ! Monseigneur Minet. *(Il s'approche du cadavre.)* Il est bien mort cette fois.

### RIQUET, *solennel.*

La terre est débarrassée d'un monstre. *(Aux petits)* Approchez, mes enfants, venez voir comment tôt ou tard le crime reçoit son châtiment.

### LES ENFANTS, *entourant le cadavre.*

(Air *de Saint-Nicolas*)
Il ne mang'ra plus les enfants.
Le Chat vient de briser ses dents.

POUCET

Le voilà bien mort, cette fois ;
Nous pourrons aller dans les bois,
Dans les prés nous pourrons courir,
Sans crainte de le voir venir.

TOUS

Il ne mang'ra plus les enfants,
Le Chat vient de briser ses dents.


## SCÈNE XXVI

### LES MÊMES, RAOUL, PAGES.

RAOUL

Est-il bien vrai que Barbe-Bleue est mort ?

FEU-FOLLET

Oh ! bien mort... regarde plutôt.

RAOUL

Ah ! Le monstre abominable ! (*Aux autres pages.*) Vous
voyez si j'avais raison de me défier de lui ?

RIQUET

Appelez des gardes et que l'on jette ce cadavre dans les
oubliettes du château.

BARBE-BLEUE, *relevant la tête*

Pas encore...

TOUS, *reculant.*

Ah !... (*Cris divers.*)

BARBE-BLEUE, *se levant lentement.*

Oh ! ne me craignez plus ; ma puissance est brisée... Une à
une les gouttes de mon sang se glacent dans mes veines... Le
poison que j'avais préparé moi-même ne pardonne pas ..
même au magicien plusieurs fois centenaire... Que nul ne
touche à ce cadavre qui vit encore ! Elle est là, là..., ma
tombe... C'est un gouffre sans fond où mes innombrables
victimes m'attirent de leurs mains décharnées. (*Il marche
lentement vers la porte. Tous reculent. Il s'arrête et porte les
mains à ses yeux.*) Ah ! tout est rouge ! rouge... Une vague

de sang accourt de l'horizon comme une marée montante... la
voilà!... (*Il étend les mains en avant.*) Arrière! spectres
vengeurs... Pourquoi me regardez-vous tous avec vos yeux
sans prunelles?... Pourquoi secouer vos chevelures san-
glantes? Ah! ah! ils chantent... Les entendez-vous!... ils
chantent un hymne de triomphe... Mais non, ils pleurent...
Ce sont les vagissements du berceau.. Ah! des enfants! de
tout petits enfants!... Des milliers de petites mains s'étendent
vers moi... Elles me saisissent et m'entraînent... *Lentement,
raide, il recule vers la porte ; sur le seuil, il se retourne.*)
Suis-moi! Lutin maudit! viens voir ton ennemi s'engloutir
vivant dans les flammes de l'éternel abime.      (*Il sort.*)

FEU-FOLLET

Ma foi! le spectacle mérite bien qu'on se dérange. (*Il sort.*)

## SCÈNE XXVII

### LES MÊMES, *moins* BARBE-BLEUE *et* FEU-FOLLET

RAOUL.

Oh! c'est épouvantable!

RODOLPHE

Ne vas-tu pas le plaindre maintenant?

RAOUL

Non, certes! mais s'il allait revenir.

## SCÈNE XXVIII

### LES MÊMES, FEU-FOLLET

FEU-FOLLET

Non, non, il ne reviendra plus. A deux pas de la porte, le
sol s'est ouvert sous ses pieds. J'ai entendu des éclats de rire
et des imprécations ; des tourbillons de flammes bleuâtres ont
jailli de l'abime et ont enveloppé le monstre.... La terre s'est
refermée sous la baguette de la Fée et nul ne pourrait recon-
naitre désormais la tombe de Barbe-Bleue...

RIQUET

Ah ! je respire.

RAOUL.

Mais où est donc le Chat ?

FEU-FOLLET

Quelle impatience ! C'est à peine si la Fée a eu le temps de
lui rendre sa première forme. Vous lui permettrez bien d'aller
rassurer les princesses, ses sœurs, et de rendre à Cendrillon
sa pantoufle de verre. Du reste je vais voir.       (Il sort.)

## SCÈNE XXIX

### LES MÊMES, *moins* FEU-FOLLET

RIQUET, *solennel.*

Mes enfants, préparez-vous à saluer le véritable Seigneur
de ces riches domaines, le noble prince Charmant, qui, pendant si longtemps, a été la victime de cet infernal magicien
que la terre vient d'engloutir ; élevé à l'école de l'adversité....

RAOUL, *interrompant.*

Et un peu aussi à votre école.

RIQUET

Et un peu aussi à mon école, il a appris à être bon pour
tous et respectueux pour les vieillards.

RODOLPHE

Attrape !

## SCÈNE XXX

### LES MÊMES, LE PRINCE CHARMANT, FEU-FOLLET, GARDES

FEU-FOLLET. (*Il ouvre la porte et s'efface.*)

Son Excellence le prince Charmant.

(*Tous les acteurs se rangent en haie des deux côtés du théâtre.
Le prince, accompagné de ses gardes, s'avance sur le devant
de la scène. — Pendant le chœur tous se disposent en
demi-cercle.*]

### CHŒUR

*(Air de La Retraite.)*

Voici le Chat et rantanplan,
Sa garde s'avance, l'accompagnant.
Voici le Chat, mais en m'm'temps,
C'est aussi le prince Charmant.

### LES PAGES

Il n'a plus sa queue
Qu'était son plus bel ornement.
Ni d' bott's de sept lieues
Comme auparavant.

### CHŒUR

Voici le Chat, etc.

### RIQUET

Sur l'Ogre enfin s'est fermé l'abime,
A nos yeux cachant tous ses forfaits ;
Un feu vengeur a puni son crime :
Chacun de nous pourra vivre en paix.

### CHŒUR

Voici le Chat, etc.

### LE PRINCE CHARMANT

*(Air du Chaperon-Rouge.)*

N'éveillez pas l' Chat qui dort,
C'est pas toujours un' bonn' chose :
C'est pour ça que l'Ogre est mort
Malgré ses métamorphoses.
D' mon nouvel état j' reste un peu surpris :
Mais j' me trouv' charmant sous ces beaux habits ;
Je n'en chang'rai plus, du moins j' le suppose,
Mes instincts de chat sont très bien guéris ;
        C'est pourquoi je dis
        A tous nos amis :
Laissez sur vos lèvres errer des *souris.*

### LES ENFANTS

*(Air de Saint-Nicolas.)*

Nous sommes sept petits enfants
Qui voudrions des compliments.

### PETIT-POUCET

Là-bas, parmi les assistants,
Nous apercevons nos mamans :

Ell's ont eu peur qu'on nous mangeât
Et peur aussi qu'on nous sifflât.

### LES ENFANTS

Mais tous les dangers sont passés,
Surtout si vous applaudissez.

### FEU-FOLLET

(Air du *Fil de la Vierge*.)

Avant de retourner au palais de la Fée,
        Moi son Lutin,
J'ai composé pour elle un gracieux trophée,
        Riche butin,
Bouquet de rires frais, d'émotions discrètes
        Que les parents
Savent toujours trouver, pour égayer ces fêtes
        De leurs enfants.
Mélusine, chez vous, n'est pas une inconnue,
        Et Feu-Follet,
Dans les manoirs voisins, quand la Fée est venue,
        L'accompagnait.
Nous reviendrons tous deux sur votre aimable ville
        Planer encor
Et vous donner à tous pendant la nuit tranquille,
        Des rêves d'or.


## FIN

Imp. Lemerguer & Fils, Niort

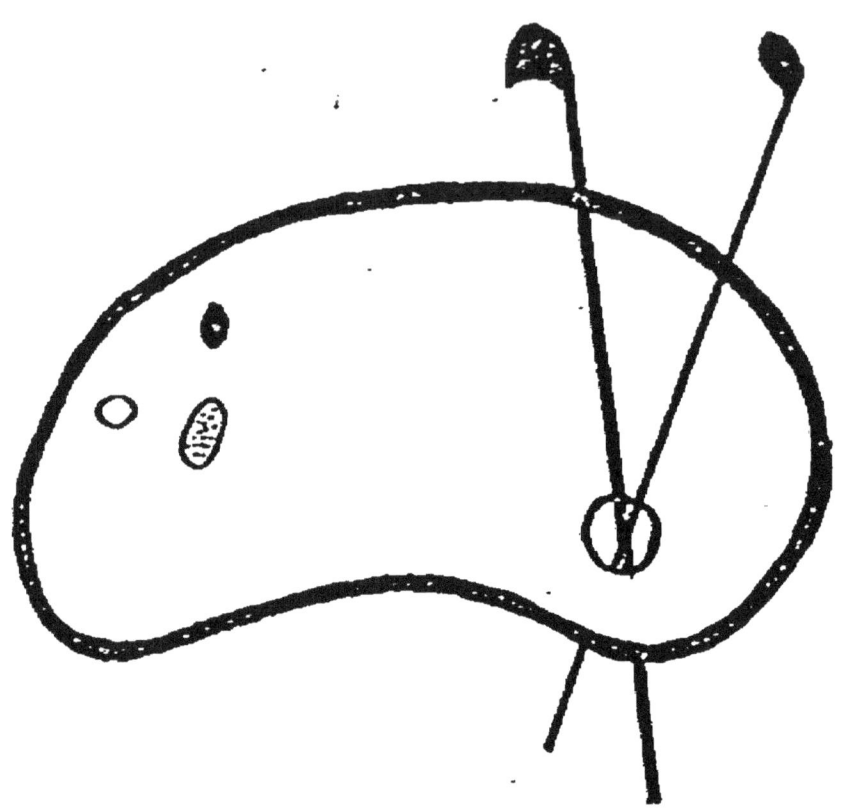

www.ingramcontent.com/pod-product-compliance
Lightning Source LLC
Chambersburg PA
CBHW060459260626
47161CB00005B/2170